Andre Mairock

*Licht auf dem Weg*

Andre Mairock

# *Licht auf dem Weg*

Roman

rosenheimer

2. Auflage der überarbeiteten Fassung

Titel der Originalausgabe: »Bauernstolz«

Bearbeitung, Lektorat und Satz: Pro libris
Verlagsdienstleistungen, Villingen-Schwenningen
Titelfoto: Wolfgang Ehn, Mittenwald
Druck und Bindung: GGP Media GmbH, Pößneck
Printed in Germany

ISBN 3-475-53488-6

# 1

Als die Regionalbahn durch das Scheidbachtal kam und in die Haltestelle von Kreitberg einfuhr, wurde sie nur von einem einzigen Menschen erwartet, der, auf das Absperrgitter gestützt, der altertümlichen Lokomotive entgegenschaute. Es war schon Nacht geworden, und im Zug brannten die Lichter. Auf dem kleinen Bahnhof von Kreitberg war nichts mehr los. Wenn nicht gerade im nahen Landstädtchen Hoffingen Markttag war, der von den Bauern der umliegenden Dörfer eifrig besucht wurde, stieg kaum jemand in Kreitberg aus und erst recht nicht ein; denn der Zug nahm seinen Weg in die einsame Gegend von Wolfwinkel, nahe der Landesgrenze.

Der Mann, der jetzt erwartungsvoll auf die Türen der beiden Waggons schaute, verriet durch den klobigen, stämmigen Wuchs und durch die derbe Kleidung seine bäuerliche Herkunft. Eine mit echten Silberknöpfen beschlagene Weste, die er unter der offenen Jacke zur Schau trug, und der schwarze Hut mit einer breiten Krempe, der sein Gesicht beschattete, ließen einen Großbauern erkennen. Er war etwa um die fünfzig Jahre alt und machte den Eindruck eines energischen Mannes, der gewohnt zu sein schien, seinen Willen gegen jedes Hindernis durchzusetzen, das sich ihm entgegenstellte. Jetzt hellte sich sein Gesicht auf, als er an der hinteren Tür des zweiten Waggons ein junges, schlankes Mädchen sah. Sie war der einzige Passagier, der hier den Zug verließ: seine Tochter Josefa!

Der Zug verließ den kleinen Bahnhof schon wieder und fuhr weiter.

Vater und Tochter umarmten und begrüßten sich sehr herzlich. Er nahm ihr den Koffer ab, dann gingen sie um die Ecke des Bahnhofs, wo der Bauer den Wagen stehen hatte.

»Gut siehst du aus, Vater!«, stellte das Mädchen erfreut fest. »Du wirst überhaupt nicht älter!«

»Wenn du es sagst, dann muss es wohl so sein«, entgegnete er geschmeichelt. »Aber du hast dich schon verändert, Josefa, du hast dich gut herausgemacht, man erkennt dich kaum mehr! Eine richtige junge Dame, blitzsauber und schön! Hoffentlich sind deine Zeugnisse auch so!«

»Zweifelst du daran?«

»O nein, du bist immer ein kluges und fleißiges Mädchen gewesen. Bist du froh, nun heimkommen zu können?«

»Und wie!«

Er legte den Koffer in den Wagen und half ihr beim Einsteigen.

»Hast du den alten Wagen nicht mehr, oder ist er gerade kaputt, dass du mit einem anderen kommst?«

»Ich habe vor ein paar Wochen endlich einen neuen gekauft, der alte hat mich in den letzten Jahren so viel Geld für Reparaturen gekostet, dass es mir jetzt doch gereicht hat. Gefällt er dir?«

»Er ist sehr schön, Vater!«, lachte sie und lehnte sich bequem im Sitz zurück.

Dann setzte er sich neben sie, ließ den Motor an und rief gut gelaunt:

»Also – dann los!«

Hinter den Bergen und Wäldern erlosch die letzte Röte. Vom Dorf her schimmerten die Lichter. Sie fuhren dicht daran vorbei, hinaus in die stille Einöde, zum Martinerhof, der wie eine Burgfeste über der Talsohle thronte. In der Ferne ertönte eine Kirchenglocke mit vollem und tiefem Klang.

»In Maria-Hag läuten sie zum Gebet«, sagte Josefa.

Der Bauer nickte.

Beide schauten vor sich hin in die Nacht.

»Was Neues im Dorf?«, fragte Josefa nach einer Weile.

»Nicht viel. In Maria-Hag wird diesen Sommer die Kirche restauriert. Deshalb haben wir zurzeit eine Einquartierung im Martinerhof.«

»Ach nein! Wen denn?«

»Den Kirchenmaler. Scheint ein ganz tüchtiger Bursche zu sein, sonst hätte man ihn wohl nicht mit dieser Arbeit betraut. Er wohnt und isst bei uns, weil der Weg ins Dorfwirtshaus doch ziemlich weit ist. Bei den Klosterfrauen in Maria-Hag kann er nicht gut bleiben, und uns stört er nicht.«

Josefa nickte. »Wenn man nicht weiß wohin, geht man halt zum Bürgermeister.«

Sie wusste, dass man ihm damit schmeicheln konnte; denn auf sein Bürgermeisteramt war der Vater stolz.

»Ich werde dich jetzt bei der Arbeit kräftig unterstützen können, nicht nur im Haus und in der Küche, auch bei der Buchführung. Schließlich sollen zwei Jahre auf der kaufmännischen Berufsschule nicht umsonst gewesen sein.«

»Ganz richtig, mein schlaues Töchterlein!«, neckte er. »Wir werden schon zusammenarbeiten. Meinst du nicht?«

»Ich freue mich schon darauf, Vater! – Und, ist die Regina immer noch auf dem Damm? Was macht der alte Alex?«

»Beiden geht es gut.«

»Dann kann nichts mehr schief gehen.«

Der Wagen polterte über die steinige, zerfahrene Straße. Um diese Uhrzeit war kaum mehr jemand vom Dorf unterwegs.

In einer mäßigen Steigung ging es jetzt hinauf zu den Hofängern. Josefa fing an zu plaudern, sie erzählte von der Schule und ihren Erlebnissen mit Mitschülerinnen und Lehrerinnen, den komischen Eigenheiten, die manche von diesen gehabt hatten und den Streichen, die sich die Mädchen untereinander gespielt hatten. Sie lachte fröhlich darüber, und auch ihr Vater schmunzelte.

Es war also eine schöne Zeit gewesen ...

Die mächtigen alten Obstbäume verdeckten noch immer das Gehöft, aber die Lichter konnte Josefa schon durchschimmern sehen. Laut plätscherte das Quellwasser aus einer Röhre in die Viehtränke.

Als sie in den weiten Innenhof einfuhren, standen die Angestellten zum Empfang der Tochter des Hauses bereit, allen voran die alte Haushälterin Regina und der Vorarbeiter Alexander, die beide schon auf dem Martinerhof gearbeitet hatten, als Josefa noch gar nicht auf der Welt gewesen war.

Es gab eine herzliche und freudige Begrüßung. Dann nahm die Haushälterin den Koffer an sich und trug ihn ins Haus, während der Alexander den Wagen in die Garage brachte. Josefa folgte dem Vater in die große, behagliche Bauernstube. Zuerst ging sie auf das Bild zu, das zwischen den beiden Fenstern am der Wand hing und mit einem Trauerflor umgeben war. Es war eine Fotografie ihrer vor vier Jahren verstorbenen Mutter, der Bäuerin vom Martinerhof. Seit ihrem Tod hatte es hier diesen Platz. Es war eine Aufnahme, die sie noch kurz vor ihrer bösen und heimtückischen Krankheit von sich hatte machen lassen. Schön und jugendlich war das Gesicht, der wohlgeformte Mund lächelte liebevoll.

»Grüß dich Gott, Mutter!«, sagte Josefa und ließ ihre Hand über das Bild gleiten. »Ich bin jetzt wieder daheim.«

Markus Martiner hing Jacke und Hut an den Türhaken und warf einen Blick auf seine Tochter, als fühle er sich von ihren Worten an die tote Mutter betroffen. Aber er sagte nichts.

Josefa schaute sich in der Stube um und fand alles noch so, wie sie es verlassen und in Erinnerung hatte.

»Ach, es ist doch schön daheim!«, rief sie und hob beide Arme in die Höhe. Sie lief auf den Vater zu und warf sich an seine Brust.

Er streichelte bewegt über ihr dunkles, glänzendes Haar. Seit die Mutter gestorben war, hatte sich ein enges Band der Liebe um Vater und Tochter geschlungen. Sie war das einzige Kind, nun fast erwachsen, und sowohl äußerlich als auch innerlich glich sie ihrer Mutter ...

Regina trug nun das Essen auf, und das Mädchen machte sich mit gesundem Appetit darüber her. Nebenbei wurde erzählt und geplaudert.

Das große alte Haus lag in nächtlicher Stille. Man hörte nur noch das dumpfe Stampfen der Tiere im Stall und ab und zu ein spukhaftes Knarren im Gebälk, als Josefa von ihrem kleinen, vertrauten Schlafzimmer wieder Besitz ergriff.

Man musste eine Weile in der Fremde gewesen sein und die vielen kleinen und lieb gewordenen Gewohnheiten entbehrt haben, um das ganze Glück des Daheimseins schätzen zu können, das merkte sie ganz deutlich.

Da stand der alte Schrank, in dem alle ihre Kleider hingen und sogar noch das ganze Spielzeug aus ihrer Kindheit aufbewahrt wurde, dort das hochbeinige Bett, daneben der kleine Tisch und der Stuhl.

Auch in der Stadt hatte sie ein Zimmer gehabt, in dem es alles gab, was sie gebraucht hatte, aber hier sah sie sich von eigenen Gegenständen umgeben, mit denen sie groß geworden war, die ihr vertraut waren. Ihnen hafteten alle ihre Kindheitserinnerungen an, von guten und schweren Tagen.

Sie öffnete das Fenster und schaute in die Sommernacht hinaus. Über die taufeuchten Wiesengründe zogen hauchdünne Nebel. Vom Wald her kam das Rauschen eines Sturzbaches, das in den Bäumen laut widerhallte. Sie hörte das friedliche Plätschern der Viehtränke. Und als der Mond hinter den Bergen heraufstieg, lag die Landschaft in einem gespenstischen Licht vor ihr. Es war, als lauerten im Schatten versteckt böse Geister, die in das Haus eindringen würden, wenn man ihnen unvorsichtig die Tür öffnete.

Josefa lächelte über ihre törichte Einbildungskraft. Es gab keine bösen Geister im Martinerhof. Der Vater war gesund und rüstig, treue und ehrliche Angestellte besorgten das stattliche Anwesen und setzten sich dafür ein, als wäre es ihr eigener Besitz.

Eines Tages würde sie als Bäuerin und Herrin vom Martinerhof die Verantwortung tragen, mit einem Mann an ihrer Seite.

Welche Gedanken! Bis dahin würden noch Jahre vergehen, und darüber war sie froh. Sie wollte gerne noch Kind sein und alle Sorgen dem Vater überlassen.

Über den dunklen Hof fiel ein schmaler, heller Lichtstreifen. Er kam aus dem Fenster der Stube. Der Vater war also noch auf. Vielleicht hatte er zu arbeiten, denn als Bürgermeister von Kreitberg gab es viel zu tun für ihn. Es war eben keiner da im Dorf, der diesen Aufgaben für das Gemeindewohl so gewachsen war wie Markus Martiner.

Sie war stolz auf ihren Vater. Was hätte sie getan, wenn er nach dem Tod der Mutter wieder geheiratet hätte? Wie oft konnte man hören, dass ein Witwer in vorgerückten Jahren noch ein zweites oder gar ein drittes Mal eine Ehe einging. Nein, das tat der Vater nicht. Er hatte eine fast erwachsene Tochter und wusste, was er ihr schuldig war. Er hatte die Mutter geliebt wie er keine zweite Frau mehr lieben konnte, und deshalb gab es da nichts zu befürchten.

Josefa kippte das Fenster und zog den Vorhang zu. Es war Zeit zum Schlafen. Morgen wollte sie mit ihrer ganzen Kraft an die Arbeit gehen.

Sie lag noch wach, als sie leise Schritte auf der Stiege hörte. Sie kamen an ihrer Tür vorbei und verloren sich weiter hinten im Gang.

Das war wohl der Restaurator, der zurzeit in der Kirche von Maria-Hag arbeitete und hier Quartier bezogen hatte. Er war ihr noch nicht über den Weg gelaufen, und sie war auch nicht besonders neugierig.

Aber schon am folgenden Morgen machte sie die Bekanntschaft des fremden Mannes, als er in die Küche kam, um den Kaffee zu trinken, den Regina ihm reichte. Sie war überrascht, dass er noch so jung war. Er mochte Mitte zwanzig sein, war von kräftiger, untersetzter Statur und das sonnengebräunte, gesunde Gesicht war von markanten Zügen gezeichnet. Wenn sie ihm auf der Straße begegnet wäre, hätte sie ihn für einen Tiroler Holzfäller gehalten, aber keineswegs für einen Kirchenrestaurator.

Bescheiden setzte er sich an den Tisch, nahm sich ein Stück Brot und trank seinen Kaffee.

»Hab schon gehört, dass die Tochter des Hauses heimgekommen ist«, sagte er mit scherzhaftem Unterton und sah sie freundlich an. »Hoffentlich stört es Sie nicht, dass ein Schlaf- und Kostgänger auf dem Hof ist.«

»Keineswegs!«, entgegnete sie. »Sie nehmen mir keinen Platz weg.«

»Der Bürgermeister – Verzeihung! – Ihr Herr Vater war so nett, mir Kost und Logis in seinem Haus anzubieten, damit ich nicht jeden Tag bis nach Kreitberg gehen muss. So gut ich mich mit den Nonnen von Maria-Hag vertrage, zum Schlafen können sie mich doch nicht behalten«, fuhr er lachend fort. »Und ehrlich gesagt, ganz so klösterlich möchte ich es gar nicht haben.«

»Das kann ich mir denken!«

»Ich schätze die Gastfreundschaft Ihres Hauses und gebe mir alle Mühe, niemandem zur Last zu fallen. Die gute Regina weiß schon, dass mir jedes Essen schmeckt und dass ich aus jeder Schüssel löffle. Ich komme selbst von einem Bauernhof, wenn es auch nur ein armseliger war, auf dem ich aufgewachsen bin.

»In Tirol?«

»Das erkennen Sie am Dialekt? Man kann die Muttersprache schlecht verleugnen, aber das will ich auch gar nicht. Es ist nirgends so schön wie daheim. Das haben Sie sicher auch gefühlt, als Sie jetzt heimgekommen sind, oder?«

»Und wie!«

»Mein Vater war ein Holzfäller, und in unserem Stall standen nur drei Kühe. Dafür waren wir sieben Kinder, alle sind inzwischen erwachsen. Gottlob, denn der Vater lebt nicht mehr. Mein ältester Bruder hat das Haus übernommen und macht jetzt dieselbe Arbeit, wie sie der Vater früher getan hat, und er sorgt gut für die Mutter. Und ich, der Taugenichts der Familie, mit dem nie etwas Rechtes anzufangen war, arbeite heute in alten Kirchen und wundere mich oft selbst darüber, wie ich bloß dazu komme. Nun wissen Sie, wer ich bin, und ich darf Sie als Tochter des Hauses bitten, mir wenigstens so lange gewogen zu sein, als ich hier die Gastfreundschaft in Anspruch nehmen muss!«

Josefa hatte ihre Freude an dem munteren Geplauder des Fremden.

Sie spürte seinen offenen, ehrlichen Charakter, und wenn sie ihre eigene sorglose Kindheit mit seiner verglich, die sicher nicht immer einfach gewesen war, konnte sie sich nur wundern, dass er einen solch eigenwilligen und seltenen Beruf gewählt hatte.

Es war die Zeit der Heuernte. Wie auf allen anderen Höfen war man auch im Martinerhof vom frühen Morgen bis zum späten Abend bei der Arbeit.

Josefa stülpte ihren breiten Strohhut aufs Haar und zog mit den Arbeitern hinaus auf die Wiesen. Bis dann endlich der Feierabend kam, war es bereits Nacht. Aber wie schön war es, wenn sie dann mit den anderen am Brunnen stand, Gesicht und Hände vom Schweiß reinigte und sich mit gesundem Appetit zum Essen hinsetzte im kühlen, dunklen Hausflur, unter der offenen Tür, durch die der Duft des frischen Heues hereindrang.

»Es muss nicht sein, dass du beim Heuen mitarbeitest!«, sagte Markus Martiner zu seiner Tochter, als sie noch ein wenig zu ihm in die Stube kam.

»Oh, es macht mir Spaß, Vater!«

»Du kannst dich ebenso nützlich machen, wenn du das Essen für die Leute kochst und Ordnung im Haus schaffst.«

»Das überlassen wir lieber Regina. Sie ist schon alt und kann die Arbeit draußen nicht mehr tun.« Und zudem wäre Regina tödlich beleidigt gewesen, das wusste Josefa ganz genau, wenn irgendjemand ihr das Regiment über die Küche streitig gemacht hätte. Das hätte sie der treuen Seele niemals antun können.

Ein paar Mal in der Woche musste Martiner ins Dorf, um in der Gemeindekanzlei seinen Amtsgeschäften nachzugehen. Gewöhnlich verließ er erst am Abend das Haus und kam dann meist spät in der Nacht heim. Zuweilen fuhr er, nicht nur am Markttag, in die Stadt. Es gab auch dort viel zu tun für ihn, beim Landrat oder beim Finanzamt. Er war eben ein viel beschäftigter Bürgermeister.

Wenn er in die Stadt musste, fuhr er mit dem Auto und war dann nicht an die Zeit gebunden. Man wusste also nie, wann er zurückkommen würde. Trotzdem wartete Josefa stets auf ihn, um ihm das Essen noch vorzusetzen und ein wenig zu plaudern. Der Tag war für sie nicht vollkommen, wenn sie nicht dem Vater noch Gute Nacht gesagt hatte.

»Ist unser Hausgast denn ganz allein bei der Arbeit in Maria-Hag?«, fragte sie einmal.

»Ganz allein. Es gibt nicht viele, die sich auf diese Kunst verstehen.«

»Aber er ist noch sehr jung. Findest du nicht auch?«

»Allerdings, und uns sind selbst Zweifel gekommen, ob er seiner Aufgabe gewachsen sein würde. Aber er wurde uns von seinem Meister in Vorarlberg sehr empfohlen, und dann haben wir es mit ihm riskiert. Wir hätten keine bessere Entscheidung treffen können. Sein Meister hatte nicht übertrieben, das kann man jetzt schon deutlich erkennen. Am Sonntag schauen wir einmal hinüber. Du wirst dich wundern, was der Bursche aus der alten, heruntergekommenen Kirche macht.«

Sie freute sich über dieses Lob, ohne zu wissen, warum.

Wenn die Angestellten schlafen gegangen waren und das Haus in seiner nächtlichen Stille lag, setzte Josefa sich gerne noch hinaus auf die kleine Bank im Hof. Sie schaute ins Tal, auf die fernen Lichter, die vom Dorf her schimmerten, sie lauschte auf das leise Rauschen in den Bäumen, wenn der kühle Nachtwind über die Höhe zog, und auf das Plätschern der Viehtränke. Wie schön hatte sie es!

Der Vater war ins Dorf gegangen. Heute war Gemeinderatssitzung. Die dauerte bestimmt wieder bis Mitternacht.

Später kam jemand leise über den Hof heran. Das war der junge Restaurator und Maler. Er kam oft sehr spät, denn bevor er schlafen ging, machte er meistens noch weite Spaziergänge.

»Noch unterwegs?«, fragte sie.

Er blieb stehen. »Ein schöner Abend! Man glaubt etwas zu versäumen, wenn man ins Bett geht.«

»So denke ich auch.«

»Sie sind allein?«

»Der Vater ist noch im Dorf.«

»Mit Verlaub!« Er setzte sich zu ihr auf die Hausbank. »Ich war noch droben am Jägertritt, da halte ich mich gern auf, weil man dort von Bergen und Felsen umgeben ist. Das erinnert mich so an meine Heimat«, erzählte er.

»Sie müssen sich doch schrecklich langweilen bei uns!«

»Nicht so schlimm. Den ganzen Tag ist man bei der Arbeit und kniet auf den Gerüsten herum, dass einem die Füße dabei einschlafen. Darum steige ich gerne noch am Abend auf den Berg.«

»Gehen Sie nie ins Dorf?«

»Doch, letztens habe ich mich einmal bei den Schützen sehen lassen und hab auch probiert zu schießen. Aber man ist halt doch ein Fremder.«

Sie nickte. »Dafür haben Sie einen sehr interessanten Beruf. Es ist etwas, das nicht jeder kann.«

»Sehen Sie, es war das Einzige, wofür ich taugte. Als kleiner Bub war ich hoch auf den Bergen und sollte die Schafe der Bauern hüten. Aber es gab immer wieder Ärger, weil sich meine Tiere immer verlaufen haben und ich sie oft nicht wieder finden konnte. Später bekam ich bei einem Bauern Arbeit, aber ich war mit meinen Gedanken nicht bei der Sache und habe oft alles durcheinander gebracht. Meine Mutter jammerte, und mein Vater legte mich übers Knie. Heute aber denke ich oft, was kann es denn Schöneres geben als Bauernarbeit. Man sät und erntet und arbeitet gewissermaßen mit dem Herrgott Hand in Hand. Aber was weiß ein Lausbub davon, der nur so weit geht, wie man ihn schiebt!«

»Wie sind Sie denn zu Ihrem Beruf gekommen?«

»Auf eine ganz seltsame Weise. Ich habe schon immer gerne gemalt. Daheim habe ich jedes Papier bemalt, das mir in die Finger gekommen ist, und keine Wand war vor mir sicher. Überall habe ich meine Verzierungen angebracht. Mein Vater nannte es allerdings eine Verunzierung. Haufenweise lag das Zeug bei uns herum. Und wie es manchmal so geht, eines Tages kam ein Tourist in unser Haus. Er hatte den Weg verfehlt und war von der Nacht überrascht worden. Der Fremde musste bei uns übernachten, und die Mutter machte schnell ein Lager für ihn zurecht. Ob er in dieser Nacht überhaupt geschlafen hatte, weiß ich nicht. Jedenfalls fand er meine Zeichnungen und hat sich damit beschäftigt. Am Morgen fragte er ganz neugierig, wer denn das alles angefertigt habe. Die Mutter deutete auf mich und jammerte, dass ich halt zu gar nichts zu gebrauchen sei. Der Fremde meinte, er habe eine ganz besondere Arbeit für mich, die ich gewiss gern tun würde. Dann holte er vom Vater, der bereits beim Holzschlag war, die Erlaubnis ein, mich als Lehrling anzunehmen. So kam ich zu meinem heutigen Meister nach Vorarlberg, und er hat Recht behalten: Die Arbeit bei ihm hat mir nie Mühe bereitet. Und das ist die ganze Geschichte. Wenn Sie sie glauben wollen ...«

»Warum soll ich sie nicht glauben? Ich freue mich immer, wenn Menschen durch Fleiß und Können zum Erfolg kommen.«

»Ob es ein Erfolg ist?«, erwiderte er zweifelnd.

»Natürlich. Hätte Ihr Meister Sie sonst für die Arbeiten in Maria-Hag so sehr empfohlen?«

»Er selbst ist nicht mehr imstande, auf den Gerüsten herumzuklettern, obwohl er früher ein leidenschaftlicher Bergsteiger war. Heute befällt ihn schon unter dem Kirchgewölbe ein Schwindel. Er ist eben nicht mehr der Jüngste, bald wird er siebzig. Schade! Ich weiß nicht, ob ich unter seinem Nachfolger noch arbeiten mag und kann.«

»Es wird noch andere Meister geben.«

»Aber keinen Meister Timm mehr. Vielleicht arbeite ich später wieder einmal bei einem Bauern, davon habe ich nichts verlernt. Vielleicht stehe ich einmal vor der Tür des Martinerhofes, wenn Sie hier die Bäuerin sind. Ich hoffe, dass Sie mich dann wenigstens probeweise einstellen!«

Sie lachte aus vollem Hals. »Machen Sie vorher aber bitte noch die Kirche von Maria-Hag fertig!«

»Auf alle Fälle.«

Er erhob sich, ging zum Brunnen und trank das Wasser aus der hohlen Hand.

»Wenn Sie Durst haben, wir haben auch Besseres als Wasser!«, rief sie.

»Danke! Man hat mich mit Wasser aufgezogen. Es schmeckt mir heute noch sehr gut.«

Er strich seine Haarsträhnen aus der Stirn und kam wieder heran, doch er setzte sich nicht mehr.

»Sie gehen schlafen?«

»Es ist höchste Zeit! Ich hoffe, dass Sie mir nicht böse sind, falls ich Ihnen mit meinem Geschwätz auf die Nerven gegangen bin!«

»Im Gegenteil, es war sehr unterhaltsam.«

»Und was ich Ihnen noch verraten möchte, bald haben die Schützen von Kreitberg ihre Fahnenweihe. Es soll ein großes Fest werden, zu dem viele befreundete Vereine kommen. Unter den Mädchen, die man gerne als Fahnenjungfern haben möchte, wurde auch Ihr Name genannt, doch ich will nichts gesagt haben, wenn man dieser Tage an Sie herantritt.«

»Ich danke Ihnen!«

»Und jetzt – recht gute Nacht, Frau Martiner!«

»Gute Nacht, Herr ... wie heißen Sie eigentlich? Sie haben mir Ihren Namen noch gar nicht verraten!«

»Eckhart, Klaus Eckhart. Es genügt, wenn Sie Klaus zu mir sagen.«

# 2

Die Basilika von Maria-Hag, für Kenner ein Juwel barocker Kunst, stand verborgen hinter dem bewaldeten Hügel auf einem freien grünen Anger. Hinter ihr ragten die zerklüfteten Zinnen und Felstürme des gewaltigen Gebirgsstockes empor. Es war ein großartiger Anblick, wenn man in die Lichtung des Waldes trat und das mächtige Bauwerk mit seiner natürlichen Kulisse vor sich stehen sah. Obwohl Maria-Hag ein bekannter Wallfahrtsort war, gab es kein Gasthaus in der Nähe, nur ein altes Klostergebäude schloss sich an die doppeltürmige Kirche an.

Hier, in dieser Einsamkeit, vom Dorf Kreitberg etwa eine Gehstunde entfernt, lebten Nonnen, die das Gotteshaus betreuten, und ein Geistlicher, der täglich eine heilige Messe zelebrierte. An Festtagen hatte er viel zu tun, wenn die Landbevölkerung aus nah und fern wallfahrend hier zusammenströmte. Zwischendurch gab es aber auch ganz ruhige Zeiten, in denen höchstens kunstinteressierte Fremde die Kirche besuchten.

Obwohl die Kreitberger diese Kirche gleichsam als ihr Heiligtum betrachteten, war sie eigentlich im Besitz eines großen, weit verzweigten Klosterkonvents. Von Zeit zu Zeit war es notwendig, den bröckelnden Stuck auszubessern und die Decken und Wandgemälde aufzufrischen, um die Kunstwerke für die Nachwelt zu erhalten. Diese Restaurierung wurde größtenteils vom Kloster finanziert, aber auch die Gemeinde Kreitberg beteiligte sich an den Kosten, ohne dass jemand etwas dagegen einzuwenden hatte.

Derzeit sah man an den Innenwänden der Kirche, bis hinauf zum Deckengewölbe, Gerüste aufgestellt. Wer Lust hatte, konnte dem jungen Künstler dabei zuschauen, wenn er mit großem Fleiß an dieser und jener Figur arbeitete oder die schwindenden Farben mit dem Pinsel kunstfertig nachzog.

Am Sonntag besuchte Josefa mit dem Vater zum ersten Mal seit langem wieder diese Kirche. Sie hörten die Messe und sahen sich nebenbei die bereits durchgeführten Erneuerungen an.

»Der Kerl kann was!«, flüsterte Martiner seiner Tochter zu. »Findest du nicht auch?«

Josefa konnte es bestätigen.

Auch von Kreitberg waren viele Leute zugegen. Sie wollten nach dem Gottesdienst die Tochter des Bürgermeisters in der Heimat willkommen heißen. Josefa traf einige Schulkameradinnen von früher, denen sie Rede und Antwort stehen musste.

Anschließend machte man noch dem Geistlichen von Maria-Hag einen kurzen Besuch, denn er wäre tödlich beleidigt gewesen, wenn sie sich nicht bei ihm hätte sehen lassen. Schon als Kind hatte sie den ergrauten Herrn, der immer bleich und kränklich ausschaute, gut gekannt und sich manchen guten Rat von ihm geholt. Besonders damals, als ihre Mutter gestorben war, hatte sie bei ihm Trost und Rat gesucht.

Auch den Nonnen musste sie noch Grüß Gott sagen.

Es ging schon auf Mittag zu, als sie endlich zum Martinerhof zurückfuhren.

»Josefa, ich muss heute wegfahren und dich allein lassen«, sagte Markus Martiner plötzlich, als hätte er dazu erst einen Anlauf nehmen müssen.

»Kann ich dich begleiten?«

»Das geht nicht.«

»Du hast geschäftlich zu tun?«

»Leider, ganz überraschend.«, murmelte er.

»In der Stadt?«

Er nickte.

»Nun ja, wenn du meinst, dass es nichts für mich ist. Ich werde den Tag schon herumbringen.«

»Vielleicht schaust du dich im Dorf etwas um?«

Sie überlegte. »Du hast Recht, ich gehe zum Anwander.«

Auf seiner Stirn zeichneten sich ein paar steile Falten ab. »Warum gerade zum Anwander?«

»Mit der Anwander Monika bin ich jahrelang in der Schule zusammengesessen. Wir haben einander geholfen und voneinander abgeschrieben, sodass sich keine zu sehr anstrengen musste«, sagte sie lachend. »Wir waren dicke Freundinnen.«

»Die Monika, natürlich! Weißt du, auf dem Anwanderhof hat sich viel geändert, seit Monikas Eltern letztes Jahr kurz hintereinander gestorben sind. Jetzt hat der Bruder den Hof. Er ist verheiratet und hat zwei kleine Kinder. Beim letzten Mal ist er auch in den Gemeinderat gewählt worden. Er hat ein Mundwerk wie ein Maschinengewehr und will gescheiter sein als ein Gelehrter.«

»Du stehst wohl nicht gut mit ihm?«

Er zögerte. »Nein. Er möchte sich die Bürgermeisterkette selbst umhängen.«

»Das wird ihm nicht gelingen!«

»Oh, sag das nicht. Es werden bereits einzelne Stimmen laut, dass ein Bürgermeister im Dorf wohnen sollte, und der Martinerhof ist ein ganz schönes Stück davon entfernt.«

»Aber das hat dich doch noch nie gehindert, deinen Pflichten nachzukommen!«

»Einen Grund muss man schließlich haben, und wenn man ihn bei den Haaren heranziehen müsste. Du kennst den jungen Anwander ja kaum; er ist immerhin zehn Jahre älter als du und war ja lange fort, auf der landwirtschaftlichen Hochschule. Von dort ist er sehr gescheit zurückgekommen, aufgeklärt und modern. Er tut so, als habe er die Weisheit mit Löffeln gefressen und müsse die Landwirtschaft neu erfinden. Und wenn man ihm widerspricht, geht er sofort in die Luft.«

»Die Monika ist noch daheim?«

»Wo soll sie denn hin? Sie ist ja noch nicht volljährig, und ihr Bruder hat die Vormundschaft über sie. Sie arbeitet daheim auf dem Hof mit, aber ein schönes Leben hat sie dort nicht. Für ihren Bruder ist sie nicht mehr als eine billige Dienstmagd.«

»Arme Monika! Wie gut hab ich es doch dagegen!«, rief Josefa erschüttert.

Trotz des väterlichen Unwillens machte sie sich am Nachmittag auf den Weg zum Anwander. Die Sonne brannte stechend hernieder. Die Luft war dunstig und schwül. Vielleicht würde es am Abend ein Gewitter geben.

Sie war diesen Weg immer gern gegangen; er führte ein Stück durch den Wald, der wie alle umliegenden Fluren zum Besitz des Martinerhofes gehörte. Als kleines Mädchen war das ihr täglicher Schulweg gewesen, und der Jungforst von damals war inzwischen zu mächtigen Bäumen herangewachsen. Man sah das Dorf erst wieder, wenn man das Gehölz verließ. Später kam man durch einen tiefen Hohlweg, in dessen Böschungen dichtes Gestrüpp von Heckenrosen wucherte. Schon von weitem roch man den süßen, starken Duft der Blüten.

Der Anwanderhof lag gleich am Dorfeingang, ein behäbiges, breitgedrücktes Haus mit mächtigem Stadelwerk. Manches war an dem Gebäude in den letzten Jahren erneuert worden, die Fensterstöcke, die Läden, der Giebel an der Wetterseite. Man merkte, dass dort keine Armut zu Hause war.

Türen und Tore waren geschlossen, der Hof aufgeräumt und gekehrt. Kein Mensch war zu sehen. Ein großer Hund an einer Kette lag schläfrig in der Sonne. Er schaute Josefa nur nach, ohne sich zu bewegen.

Sie betrat das Haus, das sie von ihren Kindertagen her gut kannte, und klopfte an die Tür der Wohnstube.

Eine Männerstimme antwortete. In der großen Bauernstube fand sie die Bewohner des Hofes vor. Der Bauer und die Bäuerin saßen am Tisch. Er hatte eine Zeitung in der Hand, und sie war mit einer Handarbeit beschäftigt. Monika saß in der Ofenecke und schob einen Stubenwagen hin und her. Sie hatte offenbar die Aufgabe, ein kleines Kind zu betreuen.

Alle schauten Josefa entgegen, als wäre ihnen ein Geist erschienen.

»Ich wollte nur Grüß Gott sagen und mit Monika ein bisschen plaudern.«

Sie ging auf das Mädchen zu und gab ihr die Hand. »Wie geht's dir, Moni?«

»Gut«, war die kurze Antwort, die wenig überzeugend klang. Das matte Lächeln konnte den Eindruck nicht verwischen, dass es in diesem Haus wenig Freude gab, wenigstens für Monika.

»Ich bin vorige Woche heimgekommen«, fuhr Josefa fort. »Es war ja ganz schön in der Berufsschule, aber daheim ist es doch noch schöner.«

»Du musst nicht wieder fort?«

»Nein, ich bin mit der Schule fertig.«

Am Tisch herrschte eisiges Schweigen. Man hörte zu, was sie sagte. Niemand machte Anstalten, ihr einen Stuhl anzubieten.

Als Monika den Wagen nicht mehr bewegte, hörte man sofort eine dünnes, weinerliches Babystimmchen aus den Kissen. Da drehte die Bäuerin den Kopf herum und warf ihrer Schwägerin einen unwilligen Blick zu.

»Wir waren heute in Maria-Hag zur Messe. Dort wird gerade gearbeitet. In der Kirche stehen Gerüste.«

»Weiß schon.«

Es war schwer, mit Monika in ein Gespräch zu kommen. Sie war so einsilbig, vielleicht hatte sie Angst, etwas zu sagen, was dem Bauern und der Bäuerin nicht passte. Was ging auf dem Anwanderhof vor?

Josefa erzählte von der Schule, und Monika hörte schweigend zu. Sie schaute ständig in den Kinderwagen und schob dann und wann dem pausbackigen Säugling den Schnuller in den Mund, um ihn am Schreien zu hindern.

Die Bäuerin war hinausgegangen. Man hörte ihre Schritte droben im ersten Stock.

Der Bauer legte jetzt die Zeitung weg, stand auf und streckte sich wohlig. Dann ging er durch eine Tür hinaus, um sich für den Gang ins Wirtshaus fertig zu machen, wo sich am Sonntagnachmittag die Bauern am Biertisch trafen.

»Was ist mit dir, Moni?«, flüsterte Josefa, als sie allein waren.

»Nichts, warum?«

»Mit dir stimmt doch irgendetwas nicht, das sieht ein Blinder! Vor wem hast du Angst – ist es die Schwägerin?«

Sie schüttelte den Kopf.

»Dein Bruder?«

Monika sagte nichts. Ihr Gesicht war düster.

»Monika, wir müssen uns mal alleine treffen! Du musst mir sagen, was dir fehlt!«

»Du kannst mir nicht helfen, Josefa. Der Hans war immer schon ein Dickkopf, und jetzt ist er hier der Herr im Haus.«

Sie konnten nicht weiterreden, denn Hans Anwander kam zurück. Er hatte den Hut auf dem Kopf und war zum Ausgang gerüstet.

»Der Vater musste heute wegfahren. Er hat in der Stadt zu tun, und weil ich gerade allein war, hab ich mir gedacht, ich könnte dir Grüß Gott sagen und ein wenig mit dir über alte Zeiten plaudern, von der Schule und über die Mitschülerinnen«, sagte Josefa, um ihr Gespräch mit Monika harmlos erscheinen zu lassen.

Der Bauer wandte sich plötzlich nach ihr um. Sein breites Gesicht verzog sich zu einem höhnischen Grinsen.

»So, so, dein Vater ist in die Stadt gefahren! Kann ich mir denken!«, sagte er.

Josefa warf ihm einen erstaunten Blick zu, nicht nur, weil er plötzlich zu sprechen begann, sondern weil seine Stimme einen so herausfordernden Klang hatte. »Warum bist du denn nicht mitgefahren? Wäre doch auch für dich schön gewesen in der Stadt.«

»Das glaube ich kaum, es dauert immer sehr lange, bis er seine Geschäfte erledigt hat. Ich würde nur herumstehen und auf ihn warten.«

»Das kann schon sein. Solche Geschäfte lassen sich nicht im Handumdrehen erledigen!«

Wovon sprach er? Sein Gesicht drückte beißenden Spott aus. Wenn er schon gegen den Vater Krieg führte, dann sollte er sich wenigstens ihr gegenüber zusammennehmen! Sie empfand plötzlich Abscheu vor diesem Mann. Man brauchte nur die Monika anzuschauen, um sich darüber klar zu werden, dass Hans Anwander jede Gemeinheit zuzutrauen war!

Er brach plötzlich in ein hässliches Lachen aus.

»Was gibt's da zu lachen?«, fragte Josefa zornig.

»Ich bin der Meinung, dass du bald eine Stiefmutter bekommst. Und was für eine! Eine aus der Stadt, mit bemaltem Gesicht und einer Hochfrisur …«

Josefa sperrte die Augen auf. »Pfui Teufel!«, grollte sie.

»Sag ich auch. Was ein richtiger und gestandener Bauer ist, der will wissen, was er bekommt, darum schaut er dem Gaul ins Maul. Er will auch bei der Frau sehen, was echt an ihr ist, nicht dass er zum Schluss was Billiges im Haus hat. Aber der Martiner ist kein Bauer mehr!«

Josefa war entrüstet. So durfte er den Vater nicht beleidigen. »Ich weiß nicht, wovon du sprichst, Anwander, ich merke bloß, dass du auf meinen Vater böse bist. Ich kann mir auch denken, warum!«

»Nichts weißt du! Du bist eine Schneegans, dumm und eingebildet. In Wirklichkeit bist du zu bedauern!«

»Wenn hier jemand bedauert werden muss, dann ist es die Monika! Ich kann mir ganz gut vorstellen, wie du mit ihr umgehst!«

»Kümmere dich nicht um Dinge, die dich nichts angehen, Martinertochter! Schau lieber auf deinen Vater und auf die Wege, die er geht!«

»Welche unrechten Wege könnte er gehen?«

Der junge Bauer lachte wieder grob und hämisch auf. »Das habe ich dir doch eben gesagt. Wozu fährt ein Mann einer Frau nach, und dann mit solchem Eifer? Oft gleich zweimal in der Woche?«

»Das ist gelogen!«, empörte sich Josefa.

»Meinst du! Mir liegt nichts daran, ob du mir glaubst oder nicht. Was geht mich der Martinerhof an? Ich verbitte mir lediglich, dass du mir eine gewisse Unzufriedenheit ins Haus trägst. Weißt schon, was ich meine. Ich bin es auch nicht gewöhnt, dass man an mir rummault. Das kannst du daheim machen, da hast du Grund dazu. Wer weiß, womöglich gefällt dir deine zukünftige Stiefmutter ja sogar. Sie soll recht passabel aussehen. Vielleicht kommt sie aus einem feinen Haus oder bringt das Vermögen verflossener Ehemänner mit. Ein Bürgermeister von Kreitberg und Bauer vom Martinerhof darf wählerisch sein.«

Das sagte er mit so viel Hohn in der Stimme, dass sie jedes Wort wie einen Schlag ins Gesicht empfand. Sie schwieg, nur um ihren Mund war ein Zucken, als wolle sie mit Gewalt die emporsteigenden Tränen zurückhalten. Nichts konnte sie mehr verletzen, als wenn man ihren Vater beleidigte.

»Nichts für ungut, es war grundehrlich gemeint«, sagte der Bauer und ging davon. Draußen rief er noch seiner Frau etwas zu, dann fiel die Haustür ins Schloss. Seine Schritte entfernten sich über den Hof.

Josefa sann den Worten des Bauern nach. Durfte er so über den Vater sprechen? Es waren lauter Lügen, Verleumdungen, Angriffe auf die Ehre eines unbescholtenen, angesehenen Mannes!

Hätte der Vater sich je einmal mit dem Gedanken an eine Wiederverheiratung getragen, wäre sie doch die Erste gewesen, die davon erfahren hätte, und in der Stube an der Wand hing noch immer das Bild der Mutter.

»Wie kann dein Bruder solche Dinge behaupten, Moni?«

Das Mädchen zuckte die Schultern.

»Hast du vielleicht auch schon gehört, dass mein Vater eine Liebschaft haben soll?«

Monika schüttelte den Kopf: »Nur von meinem Bruder ...«

»Es ist ja gar nicht wahr! Dein Bruder soll sich hüten, solche Lügen zu verbreiten!«

Ach, was sollte die arme Monika dazu sagen? Sie war selbst schlimm genug daran.

Die Bäuerin kam zurück. Sie hatte jetzt ein anderes Kleid an. »Ich gehe zur Doblerin hinauf«, sagte sie. »Bis zum Abend bin ich zurück. Den Max nehme ich mit.«

Der Max war der ältere der beiden Kinder. Er trieb sich draußen im Hof herum.

»Und du musst daheim bleiben, Moni?«, fragte Josefa, als sie wieder allein waren.

Das Mädchen nickte. »Es ist wegen dem Kleinen. Ich muss auf ihn aufpassen.«

»Es ist Sonntag, soll die Bäuerin sich doch selbst um ihn kümmern!«

»Das macht sie aber nicht. Ich weiß gar nicht, wann ich das letzte Mal hier rausgekommen bin«

Monika war wirklich zu bedauern.

»Setz dich hin, Josefa. Jetzt sind wir allein.«

Josefa holte einen Stuhl.

»Weißt du, der Hans will das so. Seitdem der Vater gestorben ist, tut er, als müsse er mich ganz streng beaufsichtigen. Ich weiß nicht, warum.«

»Das würde ich mir nicht gefallen lassen, Moni!«

»Ich wollte mich auch dagegen wehren – aber dann ...« Sie schwieg.

»Dann hat er dich geschlagen?«

Monika schwieg.

»Was ist mit deinem Erbe?«

»Der Hans verwaltet es, bis ich volljährig bin.«

»Wenigstens dauert das nicht mehr lange, bis zu deinem achtzehnten Geburtstag ist es doch höchstens noch ein halbes Jahr. Und dann?«

»Er sagt, mein Erbteil bekomme ich erst, wenn ich heirate, aber nur dann, wenn er selbst den Mann für mich bestimmt hat. Er wolle das Vermögen der Familie nicht an einen Dahergelaufenen verschleudern, den ich mir sicher aussuchen würde, wenn er mich selbst wählen ließe. Es soll ein vermögender Bauernsohn sein.«

Josefa war empört. »Aber dazu hat er doch gar kein Recht! Wenn du volljährig bist, muss er dir dein Erbteil auszahlen! Lass dir das doch nicht gefallen!«

Monika seufzte: »Und wie stellst du dir das vor? Soll ich mein Erbteil etwa beim Gericht einklagen? Der Hans würde mich wahrscheinlich totschlagen. Ohne Geld kann ich hier nicht weg. Es ist hoffnungslos, glaub mir. Aber reden wir von anderen Dingen, Josefa!«

Es war nicht einfach, das Thema zu wechseln. Nur zögernd kamen sie auf erfreulichere Dinge zu sprechen. Doch schließlich war der Bann gebrochen, und es war fast wie in alten Zeiten. Monika erzählte ihrer Freundin, was aus den früheren Schulkameradinnen so geworden war. Kichernd erinnerten sich die beiden an lustige Begebenheiten, damals, in der Schule. Auch die Monika lachte jetzt endlich!

Das Kind im Stubenwagen schlief, und als es später zu schreien begann, machte Monika Milch warm und gab ihm die Flasche, die es bis auf den letzten Tropfen austrank.

Ein paar Mal wollte Josefa schon gehen, aber Monika bat sie inständig: »Bleib noch! Es ist so schön, wenn man einmal wieder mit jemandem sprechen kann!«

»Ich habe gehört, dass bald Fahnenweihe des Schützenvereins ist«, sagte Josefa. »Da wirst du doch auch dabei sein?«

»Ich?«, zweifelte Monika. »Der Hans wird mich nicht lassen.«

»Dann gehst du ungefragt! Da können wir endlich einmal wieder auch die anderen aus unserer Klasse treffen, alle zusammen! Wenn du nicht kommst, hole ich dich! Und müsste ich heimlich bei dir einsteigen.«

»Du kennst meinen Bruder nicht, Josefa!«

»Doch, ich kenne ihn, er ist ein ganz grober Bauernlümmel, eingebildet und dumm.«

»Er ist im Gemeinderat.«

»Ja, und möchte gerne Bürgermeister sein.«

»Ist das wahr?«, fragte Moni und sah ihre Freundin ungläubig an.

»Moni, wenn du es nicht mehr aushältst, dann pack deine Sachen und geh! Das ist mein Rat. Weißt du nicht wohin, komm zu uns auf den Martinerhof. Der Vater wird dir bestimmt helfen.«

Sie merkten nicht, dass es langsam düster wurde in der Stube. Erst als der Wind vor den Fenstern den Staub aufwirbelte und in der Ferne ein Donnerrollen verhallte, schauten sie auf.

»Ein Gewitter!«, rief Josefa. »Ich muss heim!«

Sie eilte zu der Tür.

»Das schaffst du nicht mehr bis nach Hause, bevor das Unwetter losbricht!«, warnte Monika.

»Ich komm schon noch heim. Also, Moni – bis zum nächsten Mal!«

Doch Monika sollte Recht behalten: Als sie durch den Hohlweg lief, prasselte auf einen Schlag der Regen nieder, und die Sturmböen wurden so heftig, dass sie drohten, Josefa fortzureißen. Sie kroch unter das Gestrüpp, aber auch hier drang langsam der Regen durch. Der Himmel war schwarz, grell zuckten die Blitze. Die Erde bebte unter den heftigen Donnerschlägen. Josefa fing an, sich zu fürchten. Warum hatte sie denn nicht im Haus der Anwanders abgewartet, bis das Schlimmste vorbei war? Hatte sie befürchtet, sie könnte auf Hans Anwander treffen?

Es war unheimlich, bei einem solchen Wetter auf freiem Feld zu stehen. Wie eine graue Schleppe zog der Regen über das Gebirge herein. Er verdunkelte das Licht, und der Sturm bog die Bäume. Die Blitze folgten nun dicht aufeinander, sofort gefolgt vom Krachen des Donners. Josefa kroch aus dem Gestrüpp und versuchte weiterzulaufen. Dichter Regen klatschte ihr ins Gesicht und durchnässte ihre Kleidung.

Da lief ihr jemand entgegen. Mit weiten Sprüngen kam eine männliche Gestalt über das Gefälle der Straße herab. Noch einer, der vom Gewitter überrascht worden war? Nein, er kam direkt auf sie zu, warf ihr eine Segeltuchjacke über die Schulter, ergriff ihren Arm und riss sie mit sich fort.

Klaus Eckhart, der Vorarlberger ... Wo kam er her? Woher konnte er wissen, dass sie unterwegs war? Warum blieb er nicht im Schutz des Hauses, sondern lief ihr entgegen?

Es war keine Zeit, ihm diese Fragen zu stellen. Hagelkörner trommelten jetzt unvermittelt auf sie ein, und immer wieder zuckten Blitze auf. Sie mussten weiter.

Keuchend erreichten sie den Wald und suchten Schutz unter einer dichten, knorrigen Eiche.

»Wo kommen Sie denn her?«

»Vom Martinerhof.«

»Wo wollen Sie hin?«

»Sie holen.«

»Woher wussten Sie, wo ich bin?«

»Die Regina hat mir gesagt, Sie seien zum Anwanderhof gegangen, um eine Freundin zu besuchen.«

In diesem Moment fuhr ganz in der Nähe ein Blitz in die Erde, und der Donnerschlag war ohrenbetäubend. Josefa hatte das Gefühl, als trüge die Luft den Geruch von Schwefel heran.

Klaus Eckhart ergriff nun ihren Arm und riss sie von der Eiche fort. Er hatte in der Nähe einen Holzstoß entdeckt, der mit Brettern abgedeckt war, die wie ein Vordach darüber hinausragten. Dorthin flüchteten sie eilends. Sie mussten sich auf die Erde setzen, um unter den Brettern Platz zu finden. Aber nun waren sie wenigstens vor dem Regen abgeschirmt.

Und da – einer Feuergarbe gleich fuhr vor ihren Augen ein Blitz nieder und schlug am Stamm des Baumes herab, unter dem sie eben noch gestanden hatten. Sie hörten ein Bersten und Splittern, als sei der Baum in der Mitte gespalten worden.

Josefa hielt die Hände vor die Augen und begann am ganzen Leib zu zittern.

»Mein Gott!«, jammerte sie. »Himmel, wenn wir dort stehen geblieben wären ...«

»Hier sind wir sicher.« Klaus Eckhart legte seinen Arm um sie. »Sie brauchen sich nicht zu fürchten; es wird uns nichts geschehen.«

Aber sie fürchtete sich trotzdem und schmiegte sich an ihn.

Das Unwetter schien kein Ende zu nehmen, und unter den Bäumen war es dunkel wie in der Nacht. Dann endlich begann das Gewitter abzuziehen, man merkte es zunächst an der zögernden Helligkeit, die in den Wald hereinbrach. Noch immer fiel der Regen, und der Sturm rauschte durch die Bäume. Aber der Donner klang ferner, die Blitzschläge wurden seltener.

Allmählich legte sich der Sturm, und damit hörte auch der Regen auf.

Als der erste Sonnenstrahl durch das Geäst hereinbrach, verließen sie ihren Unterschlupf. Beide waren tropfnass. Die Kleider klebten am Körper, die Haare hingen ihnen in die Stirn. Sie gingen zu dem gespaltenen Baum, um ihn aus der Nähe anzusehen.

»Wir haben einen Schutzengel gehabt«, sagte Klaus Eckhart, und das war kein leichtfertig hingeworfenes Wort. Wären sie unter dem Baum stehen geblieben, dann wären sie nun wohl beide tot gewesen. Josefa erschauerte bei diesem Gedanken.

Sie gingen heimwärts. Das Unwetter hatte den Weg mühsamer gemacht: Der Sturm hatte ganze Äste von den Bäumen gerissen und auf den Weg geworfen, und überall standen große Pfützen von dem heftigen Regen.

Josefa war immer noch erschüttert. Sie bemerkte kaum, dass sie in ihrem durchnässten Kleid vor Kälte zitterte, sondern dachte nur an das Wunder, das ihnen geschehen war.

»Bei uns daheim erzählt man ein Märchen von einem kleinen Knaben und einem kleinen Mädchen, von Nachbarskindern, die später zu einem Paar geworden sind«, begann ihr Begleiter auf einmal. »Beim Spielen waren sie von vielerlei Gefahren umgeben, aus denen sie aber immer durch wunderbare Weise gerettet wurden, und zwar durch die Schlangenkönigin, die mit ihrer schimmernden Silberkrone immer dann auftauchte, wenn die Kinder auf gefahrvollem Boden standen. Sie haben sich gefürchtet vor der komischen, aufdringlichen Schlange und ergriffen vor ihr die Flucht, immer zur rechten Zeit; denn wären sie geblieben, hätte sie der Tod ereilt. Einmal erschien sie ihnen auf dem Wasser, als sie mit dem Boot über den kleinen Bergsee fahren wollten. Sie kehrten um, und hätten sie es nicht getan, wären sie in einen Strudel geraten, in dem das Boot sicherlich gekentert wäre. Ein andermal wollten sie in eine alte Burgruine eindringen, deren Gemäuer von Flechten und Moos bewachsen war, doch am Eingang vertrat ihnen die Schlangenkönigin den Weg und trieb sie zur Flucht. Die Ruine brach nur wenige Minuten danach zusammen und hätte die Kinder gewiss unter den Steinen begraben – und jetzt kommt das Seltsamste: Einmal standen sie bei einem Gewitter unter einer alten Eiche, und siehe da, die Schlangenkönigin kam und vertrieb sie. Kurz darauf zerschmetterte ein Blitz die Eiche ...«

»Man könnte fast glauben ...«

»... dass auch wir von der Schlangenkönigin vertrieben wurden, bevor der Blitz in den Baum schlug. Jedenfalls erinnert mich das, was wir erlebt haben, an das Märchen aus meiner Heimat.«

»Und wie geht es weiter in diesem Märchen?«

»Als sie erwachsen waren, heirateten diese beiden Nachbarskinder, und siehe da, bei der Hochzeitstafel erschien eine schöne, vornehme Frau, eine Prinzessin, die durch den Fluch einer bösen Hexe verwunschen worden war und als Schlangenkönigin leben musste. Erst als die beiden sich das Jawort in der Kirche gegeben hatten, konnte sie ihr Krönlein abnehmen, und damit war der Fluch von ihr genommen.«

»Gibt es noch mehr so schöne Märchen in Ihrer Heimat?«

»Eine ganze Menge!«

»Die müssen Sie mir einmal erzählen! Aber ich habe mich noch nicht einmal bei Ihnen bedankt, dass Sie mir entgegengekommen sind! Sie konnten doch nicht wissen, dass ich in solcher Gefahr war.«

»Vielleicht hat mich die Schlangenkönigin auf den Weg geschickt?«

Sie warf ihm einen warmen, freundlichen Blick zu. »Sie meinen, dass ich mich bei der Schlangenkönigin zu bedanken habe?«

»Sicher. Ich jedenfalls werde es tun.«

»Dafür sind Sie bis auf die Haut nass geworden!«

»Das wird mir noch öfter passieren.«

»Ziehen Sie sich gleich um, und dann kommen Sie in die Stube und trinken mit mir einen heißen Tee mit viel Rum. Das ist gut gegen Erkältung.«

# 3

Öfter als ihr lieb war, erinnerte Josefa sich an die hässlichen Worte, die der junge Bauer Anwander über ihren Vater gesprochen hatte. Wenn sie auch nicht daran glauben konnte, drängte sich ihr der Gedanke daran doch immer wieder auf. Dann beobachtete sie den Vater und versuchte zu ergründen, ob er denn noch so war wie früher. Denn irgendwie, dachte sie bei sich, hätte man ihm doch etwas anmerken müssen, wenn er tatsächlich auf Freiersfüßen gehen sollte.

Aber sie fand ihn unverändert.

Sie überlegte sogar, ob sie ihn nicht einfach fragen sollte, wie Hans Anwander darauf komme, eine solche Behauptung aufzustellen. Aber sie wagte es dann doch nicht und fürchtete, dass sich die Feindschaft zwischen den beiden Männern dadurch nur noch zuspitzen würde.

Am besten, sie glaubte einfach nicht daran ...

Nachdem das Heu eingefahren war, gab es für die Bauern eine kleine Verschnaufpause. Er war jetzt draußen auf den Feldern nicht viel zu tun, man konnte den Arbeiten nachgehen, zu denen man während der Ernte nicht kam. Die alte Regina stand am Backtrog und säuerte den Brotteig an. Am folgenden Morgen wurde der Backofen geschürt und dann das Brot gebacken, in einer solchen Menge, dass es für die nächsten Wochen ausreichte. Josefa half ihr gern dabei, ebenso, als sie in der dampfenden Waschküche standen, um die angehäufte Bett- und Leibwäsche zu waschen. Den ganzen Tag flatterte die Wäsche dann auf der Altane des Hauses und trocknete im Wind.

Aber erst als Josefa zusammen mit Regina am Bügeltisch und an der Mangel stand, vermochte sie endlich die Frage an die Haushälterin zu richten, die sie so beschäftigt hatte, nämlich ob ihr am Vater vielleicht schon etwas aufgefallen sei, woraus man schließen könnte, dass er sich mit dem Gedanken an eine Wiederverheiratung beschäftigte, oder ob ihr gar davon schon etwas zu Ohren gekommen sei ...

Die alte Haushälterin schaute sie ganz eigentümlich an. Ihr knochiges, langes Gesicht wurde noch kantiger, und die dünnen Lippen gerieten in erregte Bewegung, ohne dass ein Laut hervorkam.

»Das ist eine dumme Frage, nicht wahr?«, versuchte Josefa sich zu beruhigen. »Ich habe bloß immer ein bisschen Angst, es könnte mir verschwiegen werden, wenn es so ist. Immerhin ist der Vater noch in guter Verfassung und rüstig. Aber ich bin furchtbar egoistisch und weiß nicht, wie ich es aufnehmen würde, wenn mir jemand den Vater wegnähme.«

»Hast du denn diese Angst?«

»Manchmal schon, wenn er so häufig in die Stadt fährt, und immer allein. Noch nie hat er mich zum Mitfahren eingeladen. Sag, Regina, weißt du, ob er wirklich wieder heiraten möchte? Der Anwander hat neulich etwas in der Art zu mir gesagt ...«

»Du wirst doch nicht glauben, dass fremde Leute mehr wissen als du, die eigene Tochter?«, wich die Haushälterin aus.

»Also doch! Von wem hast du es gehört, und was hat er gesagt?«

»Das weiß ich nicht mehr. Ach, was wird nicht alles zusammengelogen! Man hört es und vergisst es. Alle Heiligen mögen uns davor bewahren, dass eine neue Bäuerin ins Haus kommt!«

Das war für Josefa wenig ermutigend. Sie hatte gehofft, Regina würde über ihre törichte Furcht nur laut auflachen, nun musste sie aber erkennen, dass anscheinend auch die Angestellten damit rechneten, möglicherweise eine neue Bäuerin zu bekommen! Nein, das konnte man nicht so gleichgültig abtun wie einen Aprilscherz. Es war zu ernst, für alle, auch für die Angestellten, vor allem für die beiden alten, die Regina und den Alexander.

Sie musste mit dem Vater reden, ehe es zu spät dazu war.

Die Jungschützen von Kreitberg feierten das Fest der Fahnenweihe. Als Stifter ihres neuen Vereinsbanners präsentierte sich Hans Anwander. Sein Name wurde an diesem Tag oft genannt, bei allen Reden, die gehalten wurden, bei jedem Anlass, unter dem das glänzende Banner gezeigt oder erwähnt wurde. Nach dem feierlichen Hochamt in der Kirche begann das Fest, das Festessen beim Wirt, der bunte Umzug durch die Dorfstraßen, das Wettschießen unter den Gastvereinen und zum Schluss am Abend der Tanz.

Für die Wahl der Fahnenjungfern war auch Josefa Martiner ausersehen worden. Sie war im Dorf beliebt, und außerdem konnte man damit rechnen, dass sie eine gute Spende für das Fest geben würde, denn ihr Vater zählte immerhin zu den reichsten Bauern des Dorfes, und er war der Bürgermeister.

Aber Markus Martiner lehnte diese Ehrung seiner Tochter ab, ohne einen anderen Grund dafür zu nennen, als den, dass sie doch erst nach langer Zeit nach Hause zurückgekommen sei und sich erst wieder im Dorf eingewöhnen müsste.

Der wahre Grund jedoch war, dass Hans Anwander, sein persönlicher Feind, als Stifter der neuen Vereinsfahne den Tag bestimmen würde. Jedenfalls stand er im Mittelpunkt des Festes, und Martiner befürchtete, dass er seine Tochter bei jeder Gelegenheit zu behelligen oder gar öffentlich zu blamieren versuchen würde. Josefa wollte dagegen protestieren, aber der Vater war unerbittlich. Er lehnte strikt ab. Es war wohl das erste Mal, dass Vater und Tochter nicht einer Meinung waren.

»Sei vernünftig, Josefa«, sagte er schließlich zu ihr. »Du hast keine Ahnung, wie übel mir der junge Anwander in letzter Zeit mitgespielt hat. Er schreckt vor keiner Verleumdung und keiner Niedertracht zurück, um mein Ansehen im Dorf zu schädigen. Er will mein Bürgermeisteramt, und da ich es ihm nicht freiwillig hergeben werde, wird er versuchen, mich zu stürzen. Aber es wird ihm nicht gelingen. Eher bringe ich ihn um!«

Hatte er anfangs noch in sachlichem Ton gesprochen, so war er während seiner Erläuterungen immer lauter geworden, und zuletzt hatte er regelrecht gebrüllt. Josefa erschrak über seine Heftigkeit.

»Ich hoffe, dass du jetzt begreifst, warum du nicht Fahnenjungfer sein kannst, wenn der Anwander in die Sache verwickelt ist!«

Sie wagte nicht mehr zu widersprechen. Aber es tröstete sie, dass der Vater den Anwander einen Lügner nannte. Sicher meinte er damit auch das Gerücht über die beabsichtigte Wiederverheiratung. Es war also doch nur eine Verleumdung gewesen.

Markus Martiner besuchte auch an diesem Sonntag den Gottesdienst in Maria-Hag. Josefa begleitete ihn. Sie waren schon wieder daheim, als im Dorf die Festglocken läuteten und die Böller krachten.

Die beiden alten Angestellten waren ebenfalls dem Fest ferngeblieben. Ein solcher Trubel konnte sie nicht mehr verlocken. Die jungen dagegen waren gegangen, und Martiner hatte bei allem Groll gegen Anwander eingesehen, dass er keinen vernünftigen Grund hatte, ihnen den Spaß zu verderben.

Nach dem Essen holte Martiner den Wagen aus der Garage und fuhr wieder einmal in der Stadt. Auch diesmal lud er Josefa nicht ein mitzufahren. Sie war enttäuscht.

Ein blauer, strahlender Himmel wölbte sich über der Erde. Es war ein herrlicher Sommertag. Der Wirt kam heute wohl auf seine Rechnung, wenn sich die vielen durstigen Seelen in seinem Haus und Garten ansammelten, um an allen Belustigungen teilzunehmen, die an diesem Festtag geboten wurden.

Josefa saß mit den beiden alten Angestellten auf der Hausbank. Wenn der leichte Wind wehte, hörten sie vom Dorf her die Blaskapelle spielen, auch das Krachen der Stutzen und den Lärm der vielen Menschen.

Der alte Alexander ging schließlich hinein, um sich ein bisschen aufs Ohr zu legen. Es gab für ihn kein größeres Sonntagsvergnügen, als in der Kühle des Hauses ein kleines Schläfchen zu tun, bis die abendliche Stallarbeit begann.

Regina nickte auf der Hausbank ebenfalls ein, und Josefa schlug ein Buch auf und versuchte zu lesen. Aber ihre Gedanken schweiften immer wieder ab. Sie befassten sich mit Monika, die jetzt wohl ebenfalls daheim saß und die Kinder hütete; die Bäuerin musste heute an der Seite ihres Mannes sein. Wie hatte Monika sich verändert, seitdem sie sich vor zwei Jahren zuletzt gesehen hatten! Sie war jetzt so traurig, so freudlos.

Es ging ihr schlecht im Hause ihres Bruders ...

Josefa spürte Mitleid. Sie musste einmal mit dem Vater darüber sprechen, auch wenn er sich darüber ärgern würde, dass sie trotz seiner Bedenken auf dem Anwanderhof gewesen war.

Und von Monika wechselten ihre Gedanken zu Klaus Eckhart, den jungen Kirchenrestaurator. An ihn dachte sie immer häufiger, und jedes Mal, wenn sie nur seinen Schritt im Haus hörte, fing ihr Herz an, schneller zu schlagen.

Das Erlebnis beim Gewitter, so schaurig und beängstigend es gewesen war, zählte heute zu ihren schönsten Erinnerungen. Das Märchen von der Schlangenkönigin hatte sie so sehr berührt, dass sie es in ihrem Herzen hütete wie einen Schatz.

Heute war Klaus Eckhart beim Fest. Er marschierte mit den Jungschützen, später würde er sich ein Mädchen zum Tanz holen ...

Aber er war da, es gab ihn. Er schlief unter dem Dach ihres Hauses, und das bis zum Spätherbst. Dann freilich würde er wieder fortgehen. Wer konnte jetzt schon wissen, wo sein nächstes Arbeitsfeld lag?

Zusammen mit Regina und Alexander aß Josefa Abendbrot. Sonst war heute niemand da. Wenn der Bauer sonntags in die Stadt fuhr, konnte man vor Mitternacht nicht mit ihm rechnen.

Als die Sonne bereits hinter den Bergen versunken war und mit ihrer letzten Lichtflut den Abendhimmel rötete, ging Josefa hinaus auf den taufeuchten Hausanger und schüttelte einen Ast des Apfelbaumes. Ein paar reife Früchte fielen ins Gras. Sie bückte sich danach und wollte einen davon probieren.

Da stand Klaus Eckhart vor ihr. Sein Gesicht war erhitzt, sein Atem ging heftig.

»Hier sind Sie also?«, staunte er.

»Natürlich. Wo soll ich denn sonst sein?«

Er machte ein verwundertes Gesicht.

»Aber wo kommen Sie eigentlich her?«, fuhr sie fort. »Ich glaubte Sie bei den Schützen.«

»Da bin ich auch gewesen. Ich habe gewartet und gewartet ...«

»Doch nicht auf mich?«

»Natürlich auf Sie! Und dabei sind Sie daheim!«

»Mein Vater wollte nicht, dass ich hingehe.«

»Warum denn nicht?«, fragte er und sah sie an.

»Das weiß ich auch nicht so genau.«

»Dann werde ich mit ihm reden. Ich kann nicht glauben, dass er so unbarmherzig ist! Ich bin gekommen, um Sie zu holen, und bei meiner Ehre, ich bringe Sie auch unbehelligt wieder heim. Aber Sie müssen kommen, Josefa! Übrigens, einen schönen Gruß von der Anwander Monika. Sie wartet auf Sie!«

»Ist die Moni denn auch dort?«

»Sie sitzt an unserem Tisch und tanzt Tour um Tour mit einem jungen Schützen. Also, wo finde ich Ihren Vater? Er muss seine Erlaubnis geben!«

»Mein Vater ist nicht daheim, er ist in die Stadt gefahren.«

»Umso besser! Dann sprechen wir eben morgen mit ihm.«

Die Versuchung war groß. Von wem sollte der Vater denn auch erfahren, dass sie beim Tanz war? Der Alexander war schon ins Bett gegangen, auf die Regina konnte sie sich verlassen; sie verriet nichts. Und schließlich hatte sogar der Anwander die Monika gehen lassen. Es war gewiss sehr lustig bei dem Fest.

Und da war dieser ungestüme Klaus Eckhart ...

Wenig später war sie mit ihm auf dem Weg zum Dorf. Schon von weitem hörten sie die Musik, das Lachen und Lärmen der Menschen. Sie erzählte, der Vater habe es strikt abgelehnt, dass sie Fahnenjungfer mache. Warum? Vielleicht wegen dem Anwander, mit dem er über Kreuz sei. Als Bürgermeister vom Dorf hätte er eigentlich das Fest besuchen sollen. Aber so sei er nun einmal.

»Also ist es bestimmt gut, dass man wenigstens seine Tochter in Vertretung sieht!«, meinte er.

»Kann schon sein.«

Als sie durch den Wald kamen und den vom Blitz gespaltenen Baum sahen, blieb Josefa einen Augenblick stehen. »Da war's!«, sagte sie. »Ich werde immer daran denken.«

»Ich auch. Wissen Sie, warum? – Ich bin ein verwegener Bursche, der sich durch nichts abschrecken lässt, nicht einmal durch den Martinerhof. Sie könnten ebenso gut die Tochter irgendeines kleinen Mannes sein, der durch eine ganz bescheidene Lohnarbeit sein Leben fristet.«

»Was wollen Sie damit sagen?«, fragte Josefa, und ihr Herz schlug plötzlich schneller.

»Dass es mir im Augenblick ganz gleich ist, aus welchem Haus Sie kommen. Für mich sind Sie das Mädchen, das ich von der ersten Begegnung an nicht mehr aus dem Kopf bringe. Das immer bei mir ist, Tag und Nacht. Wenn ich auf dem Gerüst der leeren, mächtigen Kirche stehe, höre ich Ihre Stimme aus dem hallenden Gewölbe, bei jedem Meißelschlag, bei jedem Geräusch, das in der Kirche oder außerhalb ist. Ich spreche mit dieser Stimme, manchmal sogar laut. Sie werden sich denken, so töricht kann nur ein Schwärmer daherreden. Wir, die wir Bauern sind und in ständigem Kampf mit der Natur und dem Wetter leben, denken da nüchterner. Wir wissen, was sein kann und was nicht. Vergessen Sie nicht, dass auch ich von den Bauern stamme, sogar von Bergbauern, die nicht nur mit dem Wetter und der Natur, sondern auch mit dem Berg ringen, der nicht hergeben will, was man von ihm fordert. Wenn ich es Ihnen nüchtern sagen soll: Ich bin verliebt in Sie, Josefa. Warum soll ich mir darüber Gedanken machen, dass Sie die einzige Tochter und Erbin vom Martinerhof sind? Das ändert nichts an der Tatsache. Ich habe nie gefragt, was werden soll, sondern nur, was ist. Und wenn Sie mir antworten, dass Sie nicht im Entferntesten mein Gefühl erwidern können, dann lügen Sie, vielleicht aus Scham, aus Anstand oder Furcht, was weiß ich. Aber Sie lügen!«

»Haben Sie mich deswegen geholt, um mir diese ungehörigen Dinge zu sagen?«, sagte Josefa, nur um überhaupt etwas zu sagen, so überwältigt war sie von dieser stürmischen Liebeserklärung.

»Nein, aber es ist jetzt so über mich gekommen. Und dann muss es bei mir heraus. Keine Sorge, jetzt habe ich es gesagt, und ab jetzt bin ich wieder ganz brav. Sie haben also nichts weiter zu befürchten. Ich will nicht einmal Ihre Antwort darauf, Josefa. Ich weiß schon, die können Sie mir nicht geben, es sei denn, Sie würden lügen. Und das können Sie nicht.«

Also schwieg Josefa. Sie musste Klaus Eckhart Recht geben; sie hätte wirklich nicht gewusst, was sie ihm antworten sollte. Dass sie ihn auch liebte? Es wäre die Wahrheit gewesen, aber ihr Vater würde niemals sein Einverständnis für eine solche Verbindung geben, und was sollte dann daraus werden?

Im Hin und Her der Menschen fielen die beiden nicht auf, als sie den Festplatz betraten. Josefa folgte ihrem Begleiter auf das Tanzpodium. Kraftvoll schwang er sie mit sich im Kreis herum, bis sie selbst vom Rausch der Fröhlichkeit befallen wurde und an nichts anderes mehr dachte als an die Lust des Augenblicks.

Sie tanzten immer noch, als längst tiefe Nacht um sie war und aus dem Geäst der Gartenbäume die Lampions strahlten. Sie kümmerten sich nicht um ihre Nachbarn, nur wenn Josefa einmal der Zuruf einer Altersgenossin oder eines Schulkameraden aus den Reihen erreichte, dann antwortete sie mit einem übermütigen Lachen.

Einmal war es auch die Monika, die sie gerufen hatte. Sie tanzte mit einem Mann, den Josefa nicht kannte. Aber er sah symphatisch aus. Das Gesicht Monikas strahlte. Eine kurze Freude; denn morgen kam für sie wieder der freudlose Alltag, man würde sie beschimpfen und anschreien, wenn das Kind im Stubenwagen nicht schlafen wollte und hin und her geschoben werden musste. Sie würde wieder als Hausangestellte auf dem Feld oder im Stall stehen, in derber, beschmutzter Kleidung, und kein Mensch würde ihr ein gutes Wort geben.

Sie trafen sich an einem Tisch wieder, wo mehrere junge Leute zusammensaßen.

»Wie kommt es nur, dass du nun doch zum Tanz gehen durftest, Moni?«, fragte Josefa.

»Die Mutter der Bäuerin ist heute da und hütet die Kinder. Ich sollte schon längst daheim sein. Vermutlich gibt es wieder Ärger, wenn ich heimkomme, aber das bin ich ja gewöhnt.«

»Und wenn dein Bruder dich hier sieht?«

»Er ist betrunken.«

»Umso schlimmer!«

Aber Hans Anwander saß am Tisch der Geschäftsleute und führte dort laut das große Wort. Er kümmerte sich nicht um die jungen Leute und hatte wohl gar nicht bemerkt, dass Monika da war. Als Stifter des Banners war er heute viel geehrt worden, stand im Mittelpunkt und saß neben dem Dorfgeistlichen, dem Tierarzt, dem Lehrer und ein paar Großbauern.

Nur der Bürgermeister fehlte. Der hatte heute wieder dringend in die Stadt fahren müssen ...

Das Lachen Anwanders dröhnte zuweilen durch den Garten und übertönte den ganzen Trubel. Dann schaute die Monika ängstlich auf, aber sie hatte heute einen Begleiter, einen jungen fremden Mann, der aussah wie ein Jagdgehilfe. Wenigstens trug er die Uniform eines Forstmannes. Immer wieder gingen die beiden zum Tanzpodium.

Auch Josefa wurde von diesem und jenem Burschen geholt. Zumeist aber tanzte sie mit Klaus Eckhart.

Einmal geschah es, dass Hans Anwander an ihrem Tisch stand, als sie dorthin zurückkehrte. Er blickte sich um, als suche er jemand ganz Bestimmten. Das konnte nur der Monika gelten. Vielleicht hatte ihm jemand zugeflüstert, dass seine Schwester immer noch da sei und sich gut unterhalte mit ihrem fremden Tänzer.

Aber Monika musste davon Wind bekommen haben. Sie war plötzlich nicht mehr zu entdecken. Auch ihr Begleiter war verschwunden.

Da fiel der Blick des Bauern auf Josefa, und sein Gesicht verzog sich zu einem höhnischen Grinsen. »Aha! Die Martinertochter!«, plärrte er in seinem Rausch. »Wo ist eigentlich dein Vater? Hab ihn noch gar nicht zu Gesicht bekommen.«

Josefa gab ihm keine Antwort und würdigte ihn keines Blickes.

»He! Du! Mit dir spreche ich!«, grölte der Bauer. »Ich frage dich, warum man den Bürgermeister hier nicht sieht!«

»Er ist nicht daheim«, antwortete Josefa.

Es wurde still im Umkreis. Immer mehr Blicke wandten sich ihnen zu.

»Aha! Er ist wohl wieder in der Stadt bei seiner Geliebten. Wird ihm lieber sein als die Fahnenweihe der Kreitberger Schützen!«

Josefa fühlte, wie ihr die Schamröte ins Gesicht stieg; denn alle hörten zu. »Ich lass meinen Vater nicht öffentlich beleidigen und verleumden, Anwander!«, entgegnete sie entrüstet. »Geh also und lass mich in Frieden!«

Da brach der Bauer in Lachen aus und schwankte näher. »Du riskierst hier eine kesse Lippe, Fräuleinchen. Eure Privatangelegenheiten gehen mich ja nichts an, aber wenn man ein Dorf leiten will, hat der Bürgermeister ein besseres Beispiel zu geben, als einem zweifelhaften Frauenzimmer nachzulaufen. Warum heiratet er sie nicht? Na?«

»Der Vater wird dich zur Rechenschaft ziehen, Anwander, wenn du nicht aufhörst, so über ihn zu reden!«

»Soll er! Ich freue mich darauf! Das Dorf soll sehen, von wem es regiert wird! Soll ich dir sagen, was ich weiß und selbst gesehen habe?«

»Schweig!«, rief Josefa, plötzlich von panischer Angst gepackt. Was für eine niederträchtige Lüge mochte jetzt kommen?

»Alle können's hören. He, Leute! Hört her!«

Josefa sprang auf und wollte fliehen. Doch Klaus hielt sie mit einer Hand fest. Mit der anderen hatte er seinen Maßkrug ergriffen, und als Anwander seinen Mund öffnen wollte, schüttete er ihm den ganzen Inhalt seines Kruges ins Gesicht. Das war so schnell gegangen, dass die meisten gar nicht begriffen, was passiert war, und nur sahen, wie der Bauer prustete, nach Atem rang und sich die Augen rieb.

Plötzlich brach unter den Umstehenden schallendes Gelächter aus. Hans Anwander fluchte laut und vergaß, dass er eben noch neben dem Pfarrer gesessen hatte, der sicher entsetzt gewesen wäre, hätte er ihn so hören können. Allerdings hatte er sich vor ein paar Minuten verabschiedet.

»Wer war das?«, schrie Anwander.

Aber die Antwort war nur Gelächter.

Die ganze Kleidung mit Bier beschüttet, kehrte Anwander fluchend an seinen Tisch zurück und schwor für diese Blamage grimmige Rache.

Das Fest ging noch weiter, doch Josefa und Klaus kehrten nun zurück in den Martinerhof.

»Das hättest du nicht tun dürfen«, klagte sie und merkte in ihrer Erregung nicht, dass sie ihn zum ersten Mal duzte.

Er ging sofort darauf ein. »Du kannst von mir doch nicht erwarten, dass ich dich und deinen Vater öffentlich beleidigen lasse! Und es hat doch gut funktioniert; kein Wort hat er mehr über deinen Vater gesagt, der Anwander!«

»Wenn er erfährt, dass Sie das waren mit dem Bier, haben Sie hier keine gute Stunde mehr. Hans Anwander ist ein mächtiger Mann im Dorf!«

»Weiß ich. Aber warum sagen Sie plötzlich wieder Sie zu mir?«

»Hab ich vorhin du gesagt?«

»Allerdings. Ich hab mich so darüber gefreut, dass ich gleich dasselbe getan habe. Also, Josefa, bleiben wir doch beim du. Es lässt sich viel besser reden.«

»Dem Vater wird es auffallen, und Regina auch!«

»Sie werden sich daran gewöhnen.« Er schob seinen Arm unter den ihren, und sie ließ es sich gefallen.

»Es waren Lügen, was er sagte!«, grollte sie.

»Natürlich war es gelogen.«

»Hältst du es für möglich, dass mein Vater ...«

»... mit unrechten Frauen verkehrt? Nein!«

»Dass er heiratet, meine ich.«

»Das ist möglich. In seinem Alter wäre das doch verständlich, meinst du nicht?«

»Aber das kann er doch nicht!«, entsetzte sich Josefa. »Er kann doch nicht einfach die Mutter vergessen! Und was ist mit mir? Als die Mutter gestorben war, sagte er zu mir: Josefa, jetzt sind wir allein. Wir müssen es in Gottes Namen schaffen. In ein paar Jahren bist du groß genug und wirst im Haus die Mutter ersetzen können. Ich habe jetzt nur noch dich ... Nein, es kann nicht wahr sein, dass er an eine Heirat denkt!«

»Dann wollen wir hoffen, dass es nicht wahr ist!«

Josefa saß in der Stube und wartete auf die Heimkehr des Vaters. Voll Unruhe beschäftigte sie sich bald mit diesem, bald mit jenem, aber nichts vermochte sie von ihren Sorgen abzulenken: Was wusste Hans Anwander über ihren Vater?

Die Uhr an der Wand schlug die Mitternachtsstunde. Im Haus war alles still. Josefa öffnete das Fenster und horchte in die Nacht. Vom Dorf her hörte sie immer noch das Gejohle der Spätheimkehrer, die nie genug bekamen, wenn mal etwas los war.

Sie schloss das Fenster wieder und wartete weiter – bis endlich das Summen eines Motors die Heimkehr des Bauern anzeigte. Die Lichter der Scheinwerfer geisterten kurz und grell über die Fensterscheiben. Es verging noch einige Zeit, bis Markus Martiner seinen Wagen in den Schuppen gebracht und alles abgesperrt hatte. Dann erst betrat er das Haus und kam gleich in die Stube. Möglich, dass ihn das Licht blendete, jedenfalls wirkte sein Gesicht wenig fröhlich. Die Stirnfalten verrieten seinen Unmut.

»Du bist noch auf?«, fragte er nicht sehr freundlich. Dann schlüpfte er aus der Jacke und hängte sie an den Haken, legte die Schuhe ab und fuhr mit der Hand nervös über seinen Schädel.

»Willst du nicht noch etwas essen oder trinken, Vater?«

»Nein. – Es ist heute ein wenig später geworden. Es war aber nicht nötig, dass du auf mich gewartet hast! Oder ist etwas vorgefallen?« Er warf ihr einen forschenden Blick zu.

»Ich wollte dich etwas fragen, Vater.«

»Ist es so wichtig, dass es noch heute sein muss?«

»Ja, es ist wichtig. Du sollst mir nur sagen, dass es leeres Geschwätz ist, was die Leute von dir sagen.«

Sein Blick kam jetzt von unten. Lauernd wartete er darauf, dass sie weitersprach.

»Es kann doch nicht wahr sein, dass du an eine Wiederverheiratung denkst, ohne mit mir darüber zu reden! Ich kann mir das nicht vorstellen! Und wenn es dazu noch eine Frau sein soll, die deiner nicht würdig ist ..., sag, dass es gelogen ist!«, stieß sie hervor.

Seine Augen wurden schmal, sein Gesicht steinhart. »Was soll das heißen, meiner nicht würdig? Wer sagt das? – Ich will wissen, von wem du das hast!«

Sie war zutiefst bestürzt, weil sie erwartet hatte, dass er seine Heiratsabsicht sofort in Abrede stellen würde. Stattdessen war seine ganze Sorge, von wem sie davon erfahren hatte, und sein Zorn richtete sich nicht gegen eine Verleumdung, sondern gegen die abträgliche Äußerung über die Frau ... Also war es wohl wahr!

Sie ging auf seine Frage nicht ein und fuhr verbittert fort: »Als deine Tochter habe ich wohl das Recht, zu erfahren, wie weit ich diesen Gerüchten Glauben schenken muss. Du sollst mir nur sagen, ob du dich in der Tat mit Heiratsabsichten trägst oder nicht. Mehr will ich nicht wissen.«

»Wer hat dich gegen mich aufgehetzt?«, verlangte er nun zu wissen.

»Niemand. Wer könnte mich gegen dich aufhetzen? Aber dass ich eine solche Neuigkeit von fremden Leuten erfahren muss statt von dir, das verstehe ich wirklich nicht.«

Er durchwanderte ein paar Mal die Stube, zog dann einen Stuhl heran und ließ sich nieder. Die Ellbogen auf die Knie gestützt, den Blick auf den Boden gerichtet, als müsse er die Fugen in den Bohlen studieren, fing er an zu sprechen: »Natürlich hast du ein Recht auf die Wahrheit. Vielleicht habe ich einen Fehler gemacht, weil ich so lange geschwiegen habe. Ich wollte dich eben nicht um deine Sorglosigkeit bringen, obwohl – ich kann mir nicht vorstellen, dass es ein Grund zur Sorge sein kann. Es bleibt alles beim Alten, du bist nach wie vor mein Kind. Im Gegenteil, es würde manches dafür sprechen: Die Regina ist alt, wie lange kann sie noch die Arbeit tun? Soll ich dir den ganzen Ballast des Hauswesens auferlegen?«

Er brach ab, ohne den Blick vom Boden zu erheben.

Josefa lehnte am Fensterbrett. Mit kreidebleichem Gesicht schaute sie zu ihm, die Lippen fest zusammengepresst.

»Ich nehme an, dass du alt genug bist, um zu begreifen, dass es für einen Mann in meinem Alter nicht immer leicht ist, als Witwer zu leben«, fuhr er fort. »Abgesehen davon, bleibt mir schon des Hofes wegen nichts anderes übrig, als noch einmal zu heiraten.«

»Also doch!«, hauchte sie erschüttert.

Er drehte ihr sein Gesicht zu, erhob sich und nahm seine Wanderung durch die Stube wieder auf. »Kurz, ich habe mich mit einer Frau verlobt, Christine Wandel heißt sie und ist ebenfalls Witwe. Sie lebt in der Stadt, ist fünfunddreißig Jahre alt, sie stammt aus einem guten Haus und war mit einem Landmaschinenvertreter verheiratet, der bei einem Autounfall ums Leben kam. Sie ist ohne jeden Anhang, ihre Eltern sind tot. Mit ihrem Bruder, der damals gegen ihre Heirat mit dem Landmaschinenvertreter war, hat sie keine Verbindung mehr.«

Er blieb stehen und schaute sich nach ihr um. Ihr Schweigen beunruhigte ihn.

»Nun? – Hast du nichts zu sagen?«

»Wenn sie die Frau eines Vertreters war, wie will sie sich da als Bäuerin vom Martinerhof zurechtfinden?«

»Sie stammt von einem Bauernhof.«

»Wenn das wahr ist ...«

Er warf ihr einen unwilligen Blick zu. »Das magst du getrost mir überlassen, einen Menschen richtig zu beurteilen! Deine Mutter ruht in Frieden, Josefa. Wir aber müssen mit unserem Leben fertig werden. Wenn es nur die Angst ist, um dein Erbe zu kommen, so lass dir sagen, dass ich mir schon den Kopf zerbreche, um dir zu deinem Recht zu verhelfen, und du kannst dich darauf verlassen, ich finde eine Lösung, die für alle Beteiligten annehmbar ist. Am kommenden Sonntag wird Christine uns besuchen. Du wirst sie also selbst sehen und beurteilen können.«

Josefa bemühte sich, sachlich zu bleiben, obwohl es ihr schwer fiel, nach allem, was sie gehört hatte. »Das Dorf wird Anstoß daran nehmen, dass du eine Frau aus der Stadt heiratest. Immerhin bist du hier der Bürgermeister ...!«

Er fuhr erregt herum. »Das Dorf hat schon Anstoß genommen, als ich damals deine Mutter heiratete! Man hat es mir verübelt, dass ich meine Bäuerin aus dem Argental holte und keine Kreitbergerin wählte! Aber es hat mich nicht gekümmert, und auch jetzt wird mich kein Mensch daran hindern können, Christine Wandel zum Altar zu führen. Du brauchst nicht so ein Gesicht zu ziehen, ich werde mich auch von dir nicht umstimmen lassen.«

Sie zuckte zusammen. »Also ist alles schon entschieden ... meine Meinung interessiert dich überhaupt nicht!«, brachte sie nur noch tonlos heraus. Dann ging sie zur Tür. »Gute Nacht!«

Er merkte erst am Knallen der Tür, dass sie gegangen war.

»Josefa!«, schrie er.

Aber sie kam nicht zurück. In ihrer Kammer setzte sie sich aufs Bett. Aufschluchzend verbarg sie das Gesicht in den Händen.

Obwohl diese Auseinandersetzung zwischen Vater und Tochter in der Mitternachtsstunde stattgefunden hatte, als alle im Haus längst im Bett gewesen waren, konnte doch jeder spüren, dass irgendetwas nicht stimmte. Jeder tat seine Arbeit wie sonst, man fand sich auch zu den Mahlzeiten um den großen Tisch zusammen, es kam sogar vor, dass die jungen Arbeiter und Hausangestellten sich gegenseitig neckten und hänselten.

Und doch lag auf einmal etwas in der Luft, das Unheil verkündete. Man war es gewohnt gewesen, dass der Bauer und seine Tochter ein Herz und eine Seele waren. Es hatte bisher nichts gegeben, was sie nicht miteinander besprochen hätten.

Auf einmal ging jeder von ihnen seinen eigenen Weg. Markus Martiner hielt sich in der Stube auf, am Abend ging er ins Dorf, ohne ein Wort zu verlieren.

Josefa blieb bei der alten Haushälterin in der Küche und war schweigsam und ernst wie noch nie. Abends ging sie schon früh in ihre Kammer und ließ sich nicht mehr sehen.

»Was ist eigentlich mit dem Bauern und seiner Tochter los?«, fragte der alte Alexander die Regina, als er sie eines Morgens alleine antraf.

»Weiß nicht.«

»Etwas stimmt da nicht, Regina. Es muss doch irgendwas zwischen den beiden gegeben haben.«

Sie nickte, trat näher zu ihm heran und raunte ihm zu: »Es wird halt wegen der Heirat sein.«

»Heirat? Will denn die Josefa heiraten?«

»Die Josefa nicht, aber der Bauer!«

Der alte Arbeiter lachte laut auf und zeigte seine gelben, lückenhaften Zähne. »Spinnst du, Regina? Der Bauer?«

Regina zuckte zusammen und fuhr ihn mit unterdrückter Stimme an: »Pst! Nicht so laut! Die Wände haben Ohren!«

Alexander begriff, dass Regina es ernst meinte mit dem, was sie gesagt hatte. »Woher weißt du das? Hast du gelauscht?«

Sie nickte. »Wenn der Bauer und die Josefa um Mitternacht anfangen, sich zu streiten, will ich schon wissen, was dahintersteckt. Laut genug waren sie ja, die zwei. Geht uns das etwa nichts an?«

»Nein, Regina, uns nicht.«

»Wenn eine neue Bäuerin kommt, das soll uns nichts angehen?«

»Man wird uns nicht fragen, ob wir sie haben wollen. Wir können es also nicht verhindern.«

»Aber wir können gehen.«

»Wohin denn, Regina?« Abermals lachte Alexander, aber diesmal nicht ohne Bitterkeit. »Wir sind beide schon zu alt, um irgendwo neu anzufangen!«

Regina sagte nichts mehr, denn ihr war nur allzu klar, dass Alexander Recht hatte. In den vielen Jahren, die sie treu und redlich in diesem Hause gearbeitet hatten, war der Martinerhof ihnen zur Heimat geworden. Sie waren verwachsen mit allen Dingen, sie liebten jede einzelne Gewohnheit des Hauses. Keiner hatte geglaubt, dass sich daran noch etwas ändern könnte.

Nun sprach man von einer zweiten Heirat des Bauern, und gleichzeitig war Unfrieden ins Haus gekommen, der Bauer und seine Tochter hatten sich entzweit. Sie, die Angestellten konnten nur abwarten und hoffen, dass ihre düsteren Ahnungen um diese Eheschließung sich nicht erfüllen würden.

# 4

Wenn nicht gerade eine Sondersitzung anberaumt werden musste, präsidierte Markus Martiner als Bürgermeister von Kreitberg bei den Gemeinderatssitzungen, die zu bestimmten Terminen im gemeindlichen Amtshaus stattfanden. Es waren nur sechs gewählte Vertreter, die für das Wohl des Dorfes verantwortlich waren, und alle hatten die gleichen wirtschaftlichen Interessen, denn Kreitberg war noch ein reines Bauerndorf. Man hätte also vermuten können, dass ein Gremium von solch einheitlicher Zusammensetzung in seinen Beratungen keine allzu heftigen Debatten zu führen hätte. Aber tatsächlich debattierten diese Kreitberger Gemeindevertreter häufig lange, hitzig und lautstark, oft nicht einmal, weil es in einer Sachfrage unüberbrückbare Differenzen gegeben hätte, sondern weil man einander das letzte Wort nicht gönnte und jeder insgeheim glaubte, der Hahn, der auf seinem Mist lauter krähte als die anderen, habe damit seine Wichtigkeit eindeutig unter Beweis gestellt.

Einer der streitsüchtigsten Gemeinderäte war Hans Anwander. Er war der Jüngste unter ihnen, doch er dachte nicht daran, seinen älteren Amtskollegen Respekt zu zollen. Von Anfang an war er dadurch aufgefallen, dass er keinen Vorschlag des Bürgermeisters ohne Widerspruch hinnahm und sich dabei in der Rolle eines jungen, dynamischen Erneuerers gefiel, der nicht damit zufrieden war, alles im alten Trott weiterlaufen zu lassen, nur weil es schon immer so gemacht worden war. Dabei verfügte er über ein Mundwerk, dem nicht einer seiner Gegner gewachsen war. Kam es jedoch dann zur Abstimmung, blieb er meist trotzdem der Unterlegene.

Hans Anwander hatte im Dorf eine große Anhängerschaft. Er verstand es, sich in weiten Kreisen, hauptsächlich bei der jüngeren Generation, beliebt zu machen. Überall tat er mit, er förderte die Vereine, sponsorte die Freiwillige Feuerwehr und kommandierte sie, er nahm sich der Belange der Dorfschule an und stiftete für die Kirche. Er hatte gut dafür gesorgt, dass man ihn nicht so ohne weiteres übergehen konnte.

Der Gemeinderat von Kreitberg hatte sich an diesem Tag mit der Regulierung und Verbauung des Wildbaches zu befassen, der jedes Jahr im Frühjahr bei der Schneeschmelze zu einer Gefahr werden konnte. Schon etliche Male war es zu einem Hochwasser gekommen, das großen Schaden angerichtet hatte.

Hans Anwander wollte durchsetzen, dass ein Spezialtrupp damit beauftragt würde, eine professionelle Verbauung durchzuführen, um sich ein für alle Mal vor den möglichen Auswirkungen eines Wildbach-Hochwassers zu schützen, und er hatte bereits bei einem entsprechenden Unternehmen einen Kostenvoranschlag eingeholt. Die darin beschriebenen Maßnahmen und deren Kosten wurden nun lebhaft diskutiert, und die Mehrheit war mit Martiner der Meinung, dass das vorliegende Konzept zwar in mancher Hinsicht vernünftig schien, aber zu teuer für eine kleine Gemeinde wie Kreitberg war. Um diese Baumaßnahme zu finanzieren, wäre eine hohe Verschuldung der Gemeinde über viele Jahre hinweg notwendig gewesen, und dies wollte Martiner unbedingt vermeiden. Er plädierte dafür, weiterhin, wie man es seither auch schon gehalten hatte, einmal im Jahr, im Herbst, die Schutzmauern und sonstigen Anlagen zur Sicherung des an den Wildbach angrenzenden Geländes in gemeinschaftlicher Arbeit instand zu setzen.

Anwander wiederum erinnerte an die Unkosten, die durch die Beseitigung der Schäden immer wieder anfallen konnten, und geriet im Wortstreit immer heftiger mit dem Bürgermeister aneinander; denn Markus Martiner schien an diesem Tag ohnehin recht gereizt zu sein. Er warf seinem Gegner schließlich vor, dass er doch nur der Opposition wegen widerspreche, obwohl er doch längst gemerkt haben müsse, dass er für seine Pläne keine Mehrheit finden werde. Das aber könne er sich unter keinen Umständen mehr länger gefallen lassen.

Anwander wurde daraufhin noch persönlicher. Mit feuerrotem Kopf sprang er plötzlich von seinem Stuhl auf und schrie: »Wir von der jüngeren Generation, der man so gerne vorwirft, dass sie es nicht mehr so ernst nähme mit der Sitte und Moral im Dorfleben, melden unsere Bedenken an, wenn der Bürgermeister eines Dorfes kein besseres Beispiel mehr zu geben vermag, als sich in zweifelhafter Weise über seine Witwerschaft hinwegzutrösten!«

»Schweig, Anwander!«, brüllte Martiner und schlug auf den Tisch. »Ich müsste dich sonst aus dem Zimmer verweisen!«

»Das hörst du nicht gern, Martiner, ich weiß schon. Aber es hat ja sonst keiner den Mut, etwas zu sagen. Ein anständiger Bauer, dem das Unglück widerfährt, seine Frau zu Grabe tragen zu müssen, wird sich erst wieder verheiraten, wenn er sich dazu genötigt sieht. Allerdings wird er Standesbewusstsein genug haben, um die passende Zeit dazu auszuwählen, er wird nicht an eine Frau geraten, die ...«

»Schweig, du Lügner und Verleumder! Kümmere dich um deinen eigenen Dreck!«, brüllte Martiner seinen Gegner an. »Ich sehe mich unter diesen Verhältnissen gezwungen, die Sitzung für geschlossen zu erklären. Wir sind hier nicht zusammengekommen, um private Streitigkeiten auszutragen. Die Beschlussfassung über die Wildbachverbauung wird vertagt. Die Sitzung ist geschlossen.«

Nun entstand unter den Versammelten unzufriedenes Gemurmel.

»Es tut mir Leid!«, sagte Martiner. »Wenn der Anwander sich nicht an sachliche Beratung halten kann, wozu sitzen wir dann noch hier? Ich habe nichts zu verbergen und muss es jedem Einzelnen überlassen, ob er sich den unflätigen und ausfälligen Äußerungen Anwanders anschließt oder nicht. Jedenfalls lasse ich mir die öffentlichen Verleumdungen nicht gefallen und behalte mir gerichtliche Schritte vor. Und nun erkläre ich hiermit öffentlich, dass ich mich zu einer Wiederverheiratung entschlossen habe, und das betrachte ich als eine rein persönliche Entscheidung, die andere Leute nichts, aber auch gar nichts angeht. Am wenigsten bin ich dem Anwander Rechenschaft schuldig, solange er mir nicht nachweisen kann, dass ich als Bürgermeister in irgendeiner Sache versagt habe. – Ich wünsche eine gute Nacht!«

Und damit verließ Markus Martiner das Zimmer. Betreten schaute ihm das Gremium nach. Sosehr den einen oder anderen die Erklärung des Bürgermeisters überrascht hatte, fühlten sie sich doch alle etwas beschämt. Zu solchen Ausschreitungen hätte es nicht kommen dürfen. Nur Hans Anwander grinste.

Die Mitglieder des Gemeinderats erhoben sich nach und nach und verließen den Raum bis auf zwei, die noch mit Hans Anwander zurückblieben. Sie zählten zu seinen Anhängern, um noch gemeinsam im Wirtshaus einzukehren und dort ihre Beratung fortzuführen.

Am Sonntagnachmittag brachte Markus Martiner Frau Christine Wandel auf den Hof. Er hatte sie mit dem Wagen aus der Stadt abgeholt.

Sie war eine große, stattliche Frau mit schönem schwarzen Haar und fast noch schwärzeren Augen. An ihren Ohren baumelte ein Paar große goldene Ohrringe. Ihre Gestalt war schlank und von gutem Wuchs, ihr Gesicht war sorgfältig geschminkt. An der Kleidung erkannte man sofort die Frau aus der Stadt. Der Rock reichte kaum an ihre Knie, und die Jacke betonte ihre weiblichen Reize.

Josefa sah das alles vom Fenster ihrer Kammer aus, wohin sie sich geflüchtet hatte, als das Auto vorfuhr. Sie stand hinter dem Vorhang und musterte mit kritischen und abwägenden Blicken die Fremde und fühlte vom ersten Blick an eine Abneigung gegen sie.

Mit einem herausfordernden Lachen kam die Frau an der Seite des Vaters an das Haus heran. Ihr Blick streifte den Balkon und die Fensterfront. Sie konnte sich wahrscheinlich denken, dass von überall her neugierige Augen auf sie gerichtet waren. Alle Angestellten wussten, dass sie heute zum ersten Mal die neue Bäuerin zu sehen bekamen, und diese Gelegenheit nutzten sicher die meisten von ihnen.

Josefa betrachtete auch den Vater, der sich neben der eleganten Besucherin geradezu linkisch ausnahm. So, wie sie nebeneinander gingen, passten sie überhaupt nicht zusammen, er ein schwerfälliger, grobschlächtiger Bauer; sie eine auffallende, zierliche Dame von Welt. Sie mochte vielleicht aus dem Bauernstand kommen, aber sie war nie und nimmer eine Bäuerin.

Armer Vater!

Josefa blieb in der Kammer. Sie wollte sich nicht sehen lassen und hatte nur den Wunsch, dass sie unbehelligt bleiben würde.

Sie setzte sich unter das offene Fenster und versuchte an einer Stickerei weiterzuarbeiten, die sie schon in der Berufsschule angefangen hatte. Ihre Hände sanken aber immer wieder in den Schoß, mit gedankenverlorenen Blicken schaute sie hinaus in die sonnige Landschaft und stellte sich immerfort die gleiche Frage, warum es so hatte kommen müssen. Sie hatte den Vater geliebt, er war für sie das Sinnbild der Kraft gewesen, der Güte, der Rechtschaffenheit. Als die Mutter von ihnen gegangen war, hatte sie sich ganz fest an ihn geklammert, und wie oft hatte er ihr versichert, dass der Geist der Mutter bei ihnen lebe, dass er ständig ihre Gegenwart spüre.

Trotzig blieb Josefa in ihrer Kammer. Die Fremde sollte nur wissen, dass sie bei der Tochter auf Widerstand stieß! Josefa wunderte sich, dass noch niemand nach ihr gerufen hatte. Der Vater machte sich wohl Sorgen, sie könne ihre Abneigung allzu deutlich zeigen. Er wollte sich wohl nicht blamieren.

Ein paar Mal hörte sie drunten eine Tür gehen, aber es kam niemand zu ihr. Später vernahm sie Schritte im Hof, die verhaltene Stimme des Vaters und dazwischen ein kurzes Auflachen der Frau. Sie hoffte, dass der Besuch nun beendet sein möge, aber die beiden gingen am Auto vorbei zu den Stallungen.

Dann ging leise die Tür auf. Die alte Haushälterin huschte herein. »Sie ist da!«, flüsterte sie.

»Ich weiß, Regina.«

»Kommst du nicht herunter?«

»Nein. Außerdem hat noch niemand nach mir verlangt.«

»Er zeigt ihr jetzt den Hof.«

Josefa nickte. »Natürlich, sie muss ja wissen, wie ihr zukünftiges Heim aussieht.«

»Hast du sie gesehen?«

»Bloß vom Fenster aus.«

»Und?«

»Ich werde nicht gefragt, Regina!«

»Doch! Sie soll deine Stiefmutter werden! Freilich, eine Bäuerin ist sie nicht. Du musst sie einmal sprechen hören! Und die Ohrringe, die sie trägt, sind bestimmt sehr teuer. Das Gesicht ist angemalt, und wenn sie die Jacke auszieht, hat sie fast nichts mehr darunter an. Aber ich will nichts gesagt haben, Josefa! Der Bauer würde mich aus dem Haus jagen. Du musst es verhindern, dass er diese Frau heiratet, Josefa! Wenn die hier Bäuerin werden sollte, wäre es ein Unglück für uns alle!«

»Ich kann nichts dagegen tun, Regina. Mein Vater hat längst beschlossen, dass er diese Frau heiraten wird. So ist das! Ich habe mir vorgenommen, meinen Widerstand schweigend fortzusetzen. Die guten Tage auf dem Martinerhof gehen zu Ende, wenn er mit ihr Ernst macht, da hast du sicher Recht..«

»Gott mag uns allen beistehen!«

Heimlich, wie sie gekommen war, machte die alte Haushälterin sich wieder davon.

Josefa blieb allein. Trotzig griff sie wieder nach ihrer Handarbeit. Nach etwa einer Stunde war schließlich doch noch der schwere Schritt des Vaters vor ihrer Tür zu hören. Sie hatte kaum noch Zeit, sich darauf einzustellen, da kam er auch schon zu ihr ins Zimmer. Zu ihrer Verwunderung war er in bester Laune. »Ach, da bist du! Ich suche dich im ganzen Haus.«

»Wozu?«

»Besuch ist da. Oder weißt du das nicht?«

»Doch.«

»Leg jetzt deine Arbeit weg und komm!«

Sie schaute ihn an und beschloss, ihn nicht unnötig zu reizen, stand auf, glättete ihr Kleid und strich sich über das Haar. Dann folgte sie ihm hinab in die Stube.

»Das ist Josefa«, sagte er zu der Frau, die am Tisch saß. Diese erhob sich nun und reichte dem Mädchen mit übertrieben erscheinender Freundlichkeit die Hand. »Ich habe schon viel und oft von dir gehört, Josefa, und nun freue ich mich, dich endlich kennen zu lernen. Dein Vater hat nicht übertrieben; du bist ein großartiges Mädchen!«

Aus der Nähe betrachtet, wirkte sie lange nicht mehr so jung. Die Frau war gewiss einmal schön gewesen, und wenigstens in den Augen der Männer war sie es offensichtlich noch. Josefa allerdings fühlte sich abgestoßen von der dick aufgetragenen, klebrig wirkenden Schminke auf ihrem Gesicht.

»Josefa wird uns noch einen guten Kaffee kochen!«, schlug Martiner vor, nachdem sie sich bekannt gemacht hatten.

Das Mädchen erhob sich und ging hinaus in die Küche, um dem Wunsch des Vaters nachzukommen. Regina wollte ihr helfen, aber Josefa schickte sie weg. »Lass nur; ich bin froh, wenn ich eine Weile dieser Gesellschaft entrinnen kann. Ruh dich aus, Regina.«

Die Alte warf ihr einen besorgten Blick zu und ging. Es dauerte nicht lange, dann kam Christine zu Josefa in die Küche.

»Kann ich dir helfen?«, fragte sie.

»O nein!«, entgegnete Josefa, ohne von der Arbeit aufzuschauen.

Eine Weile blickte sich Christine aufmerksam in der Küche um; schließlich sprach sie das Mädchen an: »Du weißt ja sicher, was mein heutiger Besuch zu bedeuten hat?«

Josefa schwieg.

»Wir sind übereingekommen, dein Vater und ich, dass im Herbst die Hochzeit sein soll.«

Auch darauf gab Josefa keine Antwort.

»Ich kann mir gut vorstellen, dass du nicht damit einverstanden bist. An deiner Stelle würde ich sicher genauso denken. Ich möchte aber gerne, dass du mich als deine Freundin betrachtest. Zusammen werden wir auf das Wohl deines Vaters bedacht sein. Oder glaubst du das nicht?«

»Ich weiß es nicht«, murmelte Josefa einsilbig und blickte ihre Gesprächspartnerin immer noch nicht an.

»Sag, Josefa, wie alt bist du?«

»Siebzehn.«

»Dann bist du ja schon fast erwachsen. Wann wirst du denn achtzehn?«

»Im nächsten Monat hab ich Geburtstag.«

»Den dürfen wir nicht übersehen! Der achtzehnte Geburtstag ist sehr wichtig!«

Bald, nachdem der Kaffee getrunken war, brach Martiner mit seinem Besuch auf. Er brachte die Frau wieder zurück in die Stadt.

Josefa stand in der großen Stube und schaute durch das Fenster dem Wagen nach, bis nichts mehr davon zu sehen war. Noch nie in ihrem Leben hatte sie sich so einsam gefühlt wie in diesem Augenblick. Wie im Traum vertrödelte sie den restlichen Tag. Als die Zeit für die Stallarbeit kam und in der Küche das Abendessen bereitet werden musste, ging sie mechanisch an ihre Arbeit.

Nach dem Essen, als die Leute sich wieder verlaufen hatten, und das Haus nochmals in sonntäglicher Stille lag, ging Josefa in die Stube, nahm das Bild der Mutter von der Wand und trug es in ihre Kammer. Dort hängte sie es über ihr Bett. Sie konnte den Gedanken nicht ertragen, dass eines Tages andere Hände danach greifen und es von seinem Platz entfernen könnten.

Später trat sie vor das Haus. Glutrot wölbte der Himmel sich über den Bergen. Sie schritt über die Wiese hinüber zum Wildbach, der verborgen in den Wäldern rauschte. Auf einmal sah sie sich Klaus Eckhart gegenüber, der ihr in den Weg kam.

»Wohin noch?«, fragte er heiter.

»Nirgends. Ich geh bloß noch ein bisschen herum.«

»Dann tun wir dasselbe.«

Er beobachtete ihr Gesicht und stellte betroffen fest, dass sie verstört und unglücklich wirkte. Sie versuchte, seinem Blick auszuweichen, und ging hastig weiter.

»Hast du etwas dagegen, wenn ich mich dir anschließe?«, fragte er. »Oder willst du allein sein?«

»Nein, nein, aber ich geh nicht weit.«

Er trat an ihre Seite.

»Ist etwas geschehen?«, fragte er.

»Etwas Furchtbares: Heute war sie da.«

»Wer?«

»Meine zukünftige Stiefmutter.«

»Was! Du meinst also wirklich ...?«

»Natürlich. Im Herbst soll Hochzeit sein.«

Der kleine Weg führte gemächlich bergan. Sie konnten kaum nebeneinander gehen. Aber er blieb dicht hinter ihr. Die Dämmerung fiel ein. Nachtschwarz schaute ihnen der Wald entgegen.

»Hast du Angst, Josefa?«

»Ja, ich habe Angst. Ich weiß nicht, was in den Vater gefahren ist. Du hättest die Frau sehen sollen: Zwanzig Jahre jünger als er, angemalt wie ein Clown, und ich könnte schwören, dass sie noch nie einen Bauernhof von innen gesehen hat. Die soll jetzt hier Bäuerin werden ... und meine Stiefmutter. Er muss verrückt geworden sein!«

Am Waldrand stand eine Ruhebank unter einem verwitterten Feldkreuz. Josefa setzte sich dort hin, und der junge Kirchenrestaurator tat dasselbe. Er nahm den Hut ab und legte ihn aufs Knie.

»Und du meinst wirklich, dass dein Vater eine solche Dummheit begeht und diese Frau heiratet? Ich glaube es nicht, Josefa. Ich halte deinen Vater für einen sehr klugen Mann. So, wie du sie beschreibst, ist sie sicher nur hinter seinem Geld her, das muss ihm doch selber klar sein!«

»Doch, diese Heirat ist schon längst fest beschlossene Sache. Das weiß ich nicht nur von ihr, sondern auch von ihm. Aber sobald diese Frau das Haus betritt, gehe ich fort.«

»Wohin?«

»Das weiß ich nicht. Irgendwo werde ich schon Unterschlupf finden. Ich kann jede Arbeit tun, ob ich ins Büro oder in eine Fabrik gehe oder mich als Haushälterin bei einem Bauern melde. Nur werde ich nie mit ansehen können, wie eine Frau wie diese die Rechte an sich nimmt, die einmal meiner Mutter zustanden.«

»Damit kannst du nur erreichen, dass dir das Erbe des Hofes verloren geht!«, wandte er ein.

»Es ist schon verloren. Ich bin heut ein ganz armes Mädchen, das ohne Eltern und heimatlos in der Welt steht.«

Darauf kam es zu langem Schweigen. Der Martinerhof, der breit und still zu ihren Füßen lag, versank mehr und mehr in der Nacht. Kein Licht verriet die Anwesenheit von Menschen. Die beiden Alten, Regina und Alexander, waren wohl schon schlafen gegangen.

»Warum sagst du nichts?«, fragte Josefa plötzlich heftig.

»Was soll ich sagen? Willst du, dass ich dir helfe, von daheim wegzukommen?«

Da schlang sie plötzlich ihre Arme um seinen Hals und hängte sich an ihn. »Ja, Klaus! Bitte, hilf mir! Oder war alles gelogen, was du mir gesagt hast von deiner Liebe?«

»Josefa!«

»Ich bin nur ein armes Mädchen. Es gibt keine Tochter vom Martinerhof mehr.«

»Ich kann dir doch nicht sagen, dass ich dich heirate!«

»Warum nicht? Warum kannst du das nicht sagen? Fürchtest du, dass mir dein Verdienst zu wenig ist, den du nach Hause bringst? Dass ich nicht zufrieden sein könnte mit einer kleinen, bescheidenen Dachwohnung für uns beide? Ich bin selbst auch in der Lage, mitzuarbeiten und mitzuverdienen. Jawohl, Klaus, es gibt kein Hindernis mehr! Es kann nur sein, dass du mit mir einen üblen Scherz getrieben hast, als du mich vor einer Woche noch zum Schützenfest geholt hast. Ich bin mit dir gegangen, gegen den ausdrücklichen Willen meines Vaters, weil ich dir geglaubt habe, weil ich glücklich war, mit dir zusammen sein zu können!«

Er stand auf, ergriff ihre Hände und zog sie an sich. »Josefa! Hör mich an! Eben, weil ich dich liebe wie noch kein Mädchen zuvor, darf ich nicht die Vernunft verlieren. Ich darf dich nicht ins Unglück stürzen!«

»In welches Unglück? Ist es für mich ein Unglück, dir anzugehören bis zum Tod?«

»Ja, das ist es. Schau, ich bin nur ein armer Kirchenmaler. Ich habe weder ein Heim noch sonst einen Ort, wo ich hingehöre. Diesen Monat arbeite ich hier, im nächsten Monat wieder ganz woanders, vielleicht Hunderte von Kilometern entfernt. Ich schleppe meinen Koffer und mein Werkzeuge überall dorthin, wohin mein Meister mich schickt.«

»Ich gehe mit dir überall hin, oder ich bleibe in unserer Wohnung zurück und warte, bis du wiederkommst. Ich werde mir eine Arbeit suchen, damit wir besser leben können!«

»Dein Vater wurde mir die Polizei nachschicken und beim Gericht wegen Entführung Klage einreichen!«

»Im nächsten Monat werde ich volljährig!«, triumphierte sie.

»Im nächsten Monat werde ich mit meiner Arbeit in Maria-Hag fertig. Und dann ...«

»Und dann?«

»Josefa, ist es denn wahr, dass du mich liebst?«

»Zweifelst du?«, fragte sie und sah ihn ernst an.

»Weil ich fürchte, du könntest in deiner Verzweiflung nur einen Ausweg suchen. Ich habe sogar Angst, dass du dich nur an deinem Vater rächen willst!«

»Und wenn ich Bäuerin vom Martinerhof geworden wäre, der Vater und alle Welt sich gegen mich gestellt hätte, so hätte ich dennoch dich zu meinem Mann genommen ...«

»Josefa! Ist das wahr?« Er ergriff ihren Kopf mit beiden Händen und blickte ihr in die Augen.

Sie lehnte sich an seine Brust. »Was auch über uns kommen mag, wir gehören zusammen! Nicht wahr, Klaus?«

»Ich schwöre dir vor diesem Kreuz hier, dass dein Schicksal auch das meine ist!«

## 5

Es kamen düstere Regentage. Auf den Bäumen des Martinerhofes sammelten sich die Krähen. Schreiend und krächzend spotteten sie auf Regina herab, die sie mit schwingenden Armen verscheuchte, wenn sie sich auf den Hühnerhof stürzten, um den Hühnern das Futter wegzufressen. Und je mehr Regina schimpfte, desto lauter antwortete das freche Krähenvolk.

Josefa schaute ihr zu und lachte. »Du musst deine Krähen besser erziehen, Regina! Schau nur, wie sie maulen!«

Da soll sich noch einer auskennen bei dem Mädel! Zuerst lässt sie den Kopf hängen, als hätte man ihr die Nachricht ihres Todesurteils überbracht, und jetzt ist sie seit einigen Tagen voll Übermut, dachte sich die alte Haushälterin und hegte die Hoffnung, dass vielleicht der Martinerbauer doch noch einmal den Rückzug angetreten habe. Aber auf ihre Frage, wann denn die Hochzeit sei, antwortete Josefa gleichmütig: »Im Herbst.«

»Du machst dir nichts mehr daraus?«

»Was hilft's?«

Da schüttelte die Alte verständnislos den Kopf. »Du bist mir ein Rätsel, Josefa!«

Aber nicht nur der Haushälterin, auch Markus Martiner fiel das gänzlich veränderte Wesen seiner Tochter auf. Aber er schrieb es dem glücklichen Umstand zu, dass sie nun doch zur Vernunft gekommen sei.

Weitschweifig erklärte er ihr, dass er mit Christine übereingekommen sei, die Erbfolge auf dem Martinerhof so zu regeln, dass im Falle der Kinderlosigkeit der gesamte Besitz auf sie, die Tochter, übergehe, und zwar fünf Jahre nach seinem Tod. Sollte es jedoch der Himmel fügen, dass aus zweiter Ehe noch Kinder nachkämen, müsse sie sich mit dem gesetzlichen Erbteil zufrieden geben, der immer noch so ausfalle, dass sie getrost in einen schönen Bauernhof oder in ein großes Sägewerk einheiraten könne.

Josefa nahm dazu keinerlei Stellung.

Klaus Eckhart arbeitete in der Kirche von Maria-Hag mit unvermindertem Fleiß weiter und führte sein Werk der Vollendung entgegen. Vor ein paar Tagen war sein Vorarlberger Meister da gewesen, um den Fortschritt der Arbeiten zu begutachten. Er brachte eine Kommission von geistlichen Herren und weltlichen Sachverständigen mit. Von allen Seiten wurde dem jungen Restaurator großes Lob zuteil.

Auch Bürgermeister Martiner war bei der Besichtigung dabei. Er klopfte dem jungen Künstler wohlwollend auf die Schulter und zeigte seine ehrliche Freude.

Daheim erzählte er Josefa davon und konnte die Kunst und den Fleiß ihres Hausgastes nicht genug rühmen.

»Da hat es Leute gegeben, die misstrauisch die Nase rümpften, als der junge Mann in der Kirche das Gerüst aufbaute. Dazu zählte auch der Anwander. Schade, dass er nicht gehört hat, wie die Herren, die von Kunst wirklich was verstehen, seine Arbeit beurteilen. Alle Achtung!«

Josefa hütete sich, die Freude zu zeigen, die sie darüber empfand.

»Dabei schaut der Junge aus wie ein Bauer!«

»Auf das Aussehen allein kommt es nicht an, Vater.«

»Hast Recht«, gab Markus Martiner zu.

»Übrigens stammt er von einem Bauernhof. Ich finde es schön, dass er das nicht leugnet. Freilich, daheim hatten sie nur ein ärmliches Anwesen, umso erstaunlicher, was aus ihm geworden ist.«

Auch dagegen gab es nichts zu sagen.

»Er ist uns im Haus kaum zur Last gefallen. Es tut mir Leid, wenn er geht«, meinte Martiner gut gelaunt.

Nach den trüben, langen Regentagen stellte sich endlich wieder eine Hochdruckwetterlage ein. Die Anzeichen sprachen dafür, dass eine anhaltende Schönwetterperiode kommen würde.

Und damit war es auch Zeit, an die zweite Mahd zu gehen. Wie auf Kommando zogen die Bauern von Kreitberg mit ihren Gespannen und allen verfügbaren Leuten hinaus auf die Wiesen, um Heu zu machen. Wieder einmal gab es späte Feierabende, und wenn die Sonne auch nicht mehr gar so heiß niederbrannte wie im Hochsommer, so geriet man immerhin noch genügend ins Schwitzen, wenn man einen ganzen Tag lang an den Berghängen auf- und niederhetzen musste.

So erging es auch den Leuten vom Martinerhof. Beim ersten Lichtstrahl des Morgens zog der alte Alexander mit den Arbeitern hinaus zur Mahd, dann wurde gestreut, gedörrt und eingefahren. Die Tage waren spürbar kürzer geworden, in den kühlen Nächten stieg aus den Niederungen der Nebel auf und zog über den Bergwald herab über den einsamen Martinerhof. Manchmal so dicht, dass man kaum noch den Schimmer eines Lichtes sah, der aus diesem oder jenem Fenster herausleuchtete.

Wenn Markus Martiner vom Dorf heimkehrte, musste er sich dann zuweilen wie ein Blinder den Weg entlangtasten, denn es wurde immer sehr spät, bis er seine Amtsgeschäfte erledigt hatte. Zweimal in der Woche fuhr er in die Stadt, trotz mangelnder Zeit, trotz der Nebelnächte. Und von dort kehrte er noch später zurück. Man konnte mit ziemlicher Genauigkeit die Stunde seiner Heimkehr voraussagen. Er war ein Mann mit Grundsätzen und liebte peinliche Ordnung, auch an sich selbst. In jedem Fall richtete er sich strikt nach der Uhr.

Dennoch passierte es einmal, dass er mehr als eine Stunde früher aus der Stadt zurückkam, als er normalerweise erwartet wurde. Sein Wagen hatte eine Panne gehabt, der Motor wollte nicht mehr anspringen, nachdem er erst einen Teil seiner üblichen Geschäfte erledigt hatte und gerade vom Landratsamt wegfahren wollte. Er musste aus der Werkstätte einen Mechaniker herbeirufen, dem aber auch nichts anderes übrig blieb, als den Wagen in die Werkstätte abzuschleppen. Dabei stellte sich heraus, dass ein Ersatzteil benötigt wurde, das derzeit nicht vorrätig war und erst bestellt werden musste. Man stellte Martiner jedoch in Aussicht, dass er seinen Wagen in etwa zwei Tagen abholen könne.

Jetzt war er gezwungen, für die Heimfahrt den Nachtzug zu benutzen. Der ging schon so zeitig weg, dass er trotz des halbstündigen Fußmarsches von der Haltestelle zu seinem Hof hinauf über eine Stunde eher als erwartet daheim eintraf.

In dieser Nacht war ein lauer Föhnwind aufgekommen, und es gab keinen Nebel. Ein klarer Sternenhimmel wölbte sich über dem Gebirge.

Schon von fern sah Martiner, dass noch Licht in der Stube brannte. Josefa schien auf ihn zu warten. Oder war da etwas anderes?

Plötzlich war er voller Misstrauen, denn ein paar Mal schon glaubte er festgestellt zu haben, dass sie mit dem jungen Kirchenmaler Blicke tauschte, die ihm nicht gefallen wollten. Konnte es sein, dass sich zwischen den beiden etwas anbahnte?

So leise wie möglich näherte er sich dem Haus. In den Bäumen raunte der Wind, ein paar Blätter fielen ihm raschelnd vor die Füße. Er ging an das beleuchtete Fenster heran und versuchte, einen Blick durch den dünnen Vorhang zu werfen.

Nichts – die Stube war leer. Warum brannte dann noch das Licht?

Da hörte er von irgendwoher leise Stimmen, denen er sofort nachging. Sie kamen vom Seitenbalkon herab. Vorsichtig spähte er um die Ecke, und ... dort stand seine Tochter mit Klaus Eckhart vertraut beisammen. Sie hielten sich umschlungen wie ein verliebtes Paar, flüsterten sich zu – und dann beugte der Bursche sich zu ihr hinab und küsste sie auf den Mund.

»Schlaf gut, Josefa! Du weißt, ich gehöre dir!«, hörte Martiner den jungen Mann sagen.

Das also wurde hinter seinem Rücken gespielt, wenn er auswärts war ...

Der Bauer hatte sich auf einen Stuhl niedergelassen und schaute düster vor sich hin. Langsam verstrichen die Minuten. Unbeweglich saß Markus Martiner auf seinem Stuhl, so, wie er heimgekommen war, die schweren Stiefel noch an den Füßen, den Hut auf dem Kopf. Dann waren irgendwo im Haus Schritte. Sie kamen über die Treppe herab.

Die Tür ging auf, und Josefa trat ein. Sie war überrascht. »Du bist schon da, Vater?«

Er schaute sie kaum an. »Ja, ich bin da«, entgegnete er hart.

»Dann habe ich das Auto wohl nicht gehört.«

»Ich glaub's gern. Es steht in der Stadt. Kaputt.«

»Dann musstest du wohl mit dem Zug fahren?«

Keine Antwort.

»Willst du noch etwas essen oder trinken?«, fragte Josefa.

Er streifte sie wieder mit einem finsteren Blick.

»Was ist, Vater?«

»Das möchte ich auch gern wissen. Wie lang geht denn das schon?« Er machte mit dem Kopf eine Bewegung zum Balkon hin.

Da wusste sie, dass er sie belauscht hatte. Sie antwortete nicht.

Er stand mit einer heftigen Bewegung auf. »Heraus mit der Sprache! Was hast du mit diesem Eckhart?«

»Ich liebe ihn«, gestand sie freimütig.

Er drehte seinen Kopf nach ihr herum. »So? Und du schämst dich nicht?«

»Was gibt es da zu schämen, Vater?«

»Bist du denn verrückt geworden?«, schrie er sie an.

»Deswegen ist man nicht verrückt!«, wehrte sie sich verletzt.

»Wie lange geht denn diese Liebschaft schon?«

Josefa schwieg.

»Und was hat sie für einen Sinn?«

»Wir wollen heiraten.«

»Da schau an! Und ich brauche wohl gar nicht gefragt zu werden?«

»Du hast ja keine Zeit mehr für mich, Vater.«

Er schaute sie mit flackernden Augen an. »Du hast mich zu fragen! Verstanden? Ich habe da auch noch ein Wort mitzureden: Dieser Liebschaft wird ein Ende gesetzt, und zwar auf der Stelle, noch ehe die Angestellten davon mitbekommen. Schau, dass du mir aus den Augen kommst!«

Sie ging trotzig zur Tür.

»Halt! Mir ist noch etwas aufgefallen«, rief er.

Sie wandte sich nach ihm um.

Er deutete an die Wand. »Wo ist das Bild der Mutter hingekommen? Das wollte ich dich fragen.«

»Ich habe es in meiner Kammer aufgehängt.«

»So? Wer hat dich damit beauftragt? Oder besser, wer hat dich dazu angestiftet?«

»Du selbst. Was hat es denn in dieser Stube noch zu suchen?«, entgegnete sie trotzig. »Eines Tages wird es ja doch entfernt werden, wenn nicht von dir, so doch von der anderen Frau.«

Da wusste er nicht mehr, was er sagen sollte. Mit flackernden Augen schaute er sie an.

Aber sie ließ sich jetzt nicht mehr davon einschüchtern. »Hast du überhaupt noch einen Blick für das Bild gehabt, Vater? Es fällt dir reichlich spät auf, dass es nicht mehr da ist. Schon seit Wochen hängt es in meiner Kammer über dem Bett. Es tut mir wahrhaft Leid um dich, Vater!«

Er starrte sie an, als wollte er jeden Augenblick die Hand gegen sie erheben. Aber es geschah nichts. In ihm dämmerte plötzlich eine furchtbare Erkenntnis. Es merkte, dass er seine Tochter verloren hatte ...

»Noch etwas?«, fragte sie.

Er schaute ihr ins Gesicht, merkte die Entfremdung, die Kälte, die ihm daraus entgegenkam.

»Geh!«, befahl er.

»Gute Nacht, Vater!«

Er erwiderte den Gruß nicht.

Dann fiel die Tür zu.

Klaus Eckhart war bei seinen letzten Arbeitsgängen an den Stuck- und Bildwerken der alten Barockkirche von Maria-Hag. Einen Teil des Gerüstes hatte er bereits abgebaut. Nur hier und dort musste er noch einige Verbesserungen vornehmen.

Zum Wochenende erwartete er Meister Timm zur Abnahme und Prüfung der Gesamtleistung.

Dann würde für Klaus Eckhart der Abschied von Maria-Hag und von Kreitberg kommen. Fast ein halbes Jahr hatte sein Aufenthalt in dem schönen Gebirgstal gedauert, und es war wohl kaum zu erwarten, dass er je in seinem Leben noch einmal hierher zurückkehren würde.

Er dachte an all die Menschen, die er kennen gelernt und an die guten Freunde, die er gefunden hatte. Bei der jungen Schützengilde war er als eifriger Teilnehmer bei allen fröhlichen und unterhaltsamen Zusammenkünften bekannt geworden. Dort hatte man ihn bereits als Dorfangehörigen betrachtet.

Aber das alles konnte ihm den Weggang nicht so schwer machen wie der bevorstehende Abschied vom Martinerhof, in dem er wie zu Hause gewesen war. Wo fand er solche aufrechten, fürsorglichen Menschen wieder wie im Martinerhof von Kreitberg?

Wenn er an den Sommerabenden von seiner Arbeit heimgekehrt war, hatte er seine größte Freude daran gehabt, wenn es auf dem Hof noch irgendetwas für ihn zu tun gegeben hatte, wenn er mithelfen durfte beim Abladen der eingefahrenen Heufuder oder beim Mähen mit der Sense auf den Bergwiesen.

»Bist ein Guter!«, hatte der alte Alexander ihn hin und wieder gelobt. »Man könnte meinen, du bist ein Bauer.«

»Bin ich auch, Alex!«

»Ich habe geglaubt, du wärst Kirchenmaler.«

»Das bin ich so nebenbei. Etwas muss man ja arbeiten, um sein Brot zu verdienen.«

»Was tust du denn lieber?«

»Das weiß ich nicht, Alex. Ich mache beides gern, Kirchenmaler und Bauernarbeit.«

Der Alexander kam oft nicht aus dem Wundern heraus. Zusammen mit den Angestellten saß er am Tisch, fast mit dem gleichen sonnengebräunten Gesicht, mit denselben hochgekrempelten Hemdsärmeln und den gleichen kräftigen Armen. Alle hatten ihren Spaß gehabt an diesem Kirchenmaler. Und sogar Martiner hatte ihm manchmal wohlwollend auf die Schulter geklopft ihn noch zu sich in die Bauernstube eingeladen, damit er ein paar Gläschen gebrannten Enzianschnaps mit ihm trinke. Und dann war Josefa, die Tochter des Hauses, heimgekommen ...

Schon bei seiner ersten Begegnung mit ihr war eine ganz seltsame Unruhe über sein Herz gekommen. Er hatte nur noch das Verlangen, Josefa zu sehen und ein paar Worte mit ihr zu wechseln. Bei seiner einsamen Arbeit im hallenden Kirchengewölbe dachte er nur noch an Josefa Martiner. Aus jedem Geräusch, das durch die Kirche hallte, glaubte er ihre Stimme zu vernehmen, aus jedem Bild trat ihm ihr Gesicht entgegen.

Er war mit seiner Sehnsucht oft todunglücklich gewesen, bis es dann eines Tages zu dieser unerwarteten Annäherung gekommen war. Sie erwiderte seine Liebe, und sein Herz schlug glücklich und freudig. Es wollte nichts hören von den unüberwindlichen Widerständen, die darin lagen, dass sie die einzige Tochter und Erbin Markus Martiners war. Sie liebte ihn mit der gleichen Inbrunst wie er sie ...

In den hohen Fenstern spiegelte sich die Abendsonne. Mit blassem, mildem Schein drang sie herein in die alte Kirche, und erfüllte den Raum durch die bunten Scheiben mit magischem Licht. Noch vor einer Stunde war der Himmel mit dichtem Nebel verhangen gewesen. Es war Herbst geworden.

Seltsam, wie das Licht ihn aufzuheitern vermochte. Gerade eben war er noch von wehmütigen Abschiedsgedanken erfüllt gewesen. Nun fing er an, leise vor sich hinzupfeifen, und das, obwohl das rote Lämpchen vor dem Altar, die Gegenwart des Allerheiligsten verkündete. Aber Gott liebte doch auch die Freude, und war ja kein Mensch da, der sich daran stoßen könnte. Er war allein mit Gott, mit seiner Arbeit und mit seinen Gedanken.

Dann fiel auf einmal das schwere Tor ins Schloss. Irgendein Besucher war gekommen, vielleicht ein Fremder, der beim Vorbeikommen die Kirche besichtigen wollte, oder eine fromme Seele, die ein paar Gebete verrichten möchte. Das kam täglich einige Male vor, und der Kirchenmaler nahm nicht weiter Notiz davon. Nur sein Pfeifen stellte er ein.

Auf dem Pflaster hallten langsame, schwere Schritte. Sie kamen bis in seine Nähe. Da warf Klaus einen raschen Blick vom Gerüst hinab.

Drunten stand zu seiner Überraschung Markus Martiner. In der einen Hand hielt er seinen Hut, in der anderen trug er etwas, das wie ein Koffer aussah. Mit einem seltsamen Blick schaute er zu ihm herauf.

»Kommen Sie zu mir, Herr Bürgermeister?«, fragte Klaus ahnungslos, und seine Stimme hallte im Gewölbe nach.

Martiner nickte. Seine Miene verriet nichts Gutes.

Klaus klomm die Leiter hinab. Als er unten ankam, war der Bauer wieder bis zum Tor zurückgetreten und winkte, dass er ihm folgen möge.

Sie verließen die Kirche. Offenbar fand er es nicht schicklich, an geweihtem Ort zu sagen, was er ihm mitteilen wollte. Klaus wurde auf einmal unbehaglich zu Mute.

Neben der Kirche gab es ein kleineres, klosterartiges Gebäude, an dem Türen und Fenster verschlossen waren. Von den alten Ahornbäumen fielen die ersten gelben Blätter ab und lagen feucht auf dem Weg. Es herrschte tiefe Stille.

Martiner setzte seinen Hut auf und stellte den Koffer ab, den Klaus jetzt als den seinen erkannte.

»Ich hab Ihnen Ihre Sachen gleich mitgebracht, Herr Eckhart«, begann der Bauer mit Unheil verkündender Stimme.

»Meine Sachen?«

»Sie können sich doch denken, was das bedeutet. Ich will nicht, dass Sie noch einmal mein Haus betreten, und wäre es nur, um Ihre Sachen zu holen. Warum, das brauche ich Ihnen nicht zu sagen.«

»O doch, Herr Bürgermeister. Irgendeine Erklärung dafür sind Sie mir schon schuldig.«

»Ich habe Sie gestern Abend mit meiner Tochter zusammen auf dem Balkon gesehen. Genügt das?«

»Ist das ein Grund, jemand die Koffer vor die Tür zu stellen?«

In den Augen Martiners begann es zu blitzen. »Auf alle Fälle kann ich nur bedauern, Sie jemals in mein Haus aufgenommen zu haben. Hinter meinem Rücken fangen Sie mit meiner Tochter eine Liebschaft an, die ich unter keinen Umständen dulden kann. Damit ist wohl alles gesagt.«

»Bin ich in Ihren Augen ein Windbeutel, Herr Martiner? Ich kann Ihnen nur sagen, dass die Sorgen Josefas auch die meinen sind! Es tut mir aufrichtig Leid, wenn Sie kein Verständnis dafür haben.«

Man merkte, wie schwer es Martiner fiel, dem Handwerksgesellen für seine Worte nicht einfach die Hand ins Gesicht zu schlagen. »Von welchen Sorgen sprechen Sie? Mein Lieber, fordern Sie mich nicht heraus!«, kam es bedrohlich zwischen den Zähnen Martiners hervor. »Wenn Sie auch nur annähernd so klug wären, wie Sie tun, müsste Ihnen wenigstens einleuchten, dass Josefa nicht einen Mann wie Sie heiraten kann. Also, warum haben Sie diese Liebschaft überhaupt angefangen?«

Dem jungen Maler stieg das Blut in den Kopf. »Josefa wird meine Frau, Martiner. Sie wird auf die Mitgift verzichten – und ich verzichte auch!«

»Meine Tochter ist noch minderjährig, und sie weiß nicht mehr, was sie tut, da Sie ihr den Kopf verdreht haben.«

»Minderjährig ist sie jetzt noch, Martiner, aber nicht mehr lange, und sie hat diese Entscheidung nach reiflicher Überlegung getroffen. Statt mir Vorwürfe zu machen, sollten Sie sich lieber einmal an die eigene Nase fassen. Wenn Ihnen Ihre Tochter verloren geht, dann nur, weil Sie sie von sich gestoßen haben. Darüber sollten Sie einmal nachdenken!«

»Dummkopf!«, brüllte Martiner. »Wozu stehe ich hier? Um mir von einem dahergelaufenen Lümmel Frechheiten sagen zu lassen? Geh dorthin, woher du gekommen bist – und damit sind wir miteinander fertig.«

Ohne eine Antwort abzuwarten, ging Markus Martiner davon.

Josefa ahnte nichts davon, dass Klaus von ihrem Vater hinausgeworfen worden war, und sie schöpfte auch keinen Verdacht, als sie am Abend den Geliebten nicht zu Gesicht bekam, obwohl sie nach ihm Ausschau hielt. Sie dachte, er sei bei Freunden im Dorf.

Erst am folgenden Morgen, als die Haushälterin ihr zuflüsterte, dass der Hausgast in der vergangen Nacht gar nicht heimgekommen und sein Bett unberührt sei, begriff sie. Sie eilte in seine Kammer und fand den Schrank leer vor. Der blaue Koffer, der immer an der Wand gestanden hatte, war auch verschwunden. Kein Zweifel, Klaus Eckhart hatte das Haus verlassen ...

Sie wusste, dass er in diesen Tagen seine Arbeit in Maria-Hag beenden würde, und dass dann der Abschied kam. Aber ohne etwas zu ihr zu sagen, konnte er doch nicht gegangen sein!

Da Josefa sicher war, dass Klaus niemals ohne Abschied von ihr das Haus verlassen hätte, vermutete sie sofort, dass ihr Vater ihn vor die Tür gesetzt hatte. Dieser Verdacht verstärkte sich, als sie feststellte, dass der Vater sie mit besonderer Wachsamkeit beobachtete. Er verließ an den kommenden Tagen kaum das Haus, kümmerte sich darum, wo sie war und was sie tat. Er klopfte am Abend, wenn er ins Bett ging, noch an ihre Kammertür und wünschte ihr eine gute Nacht, auch wenn sie tagsüber keine drei Worte miteinander gesprochen hatten. Selbst seine regelmäßigen Stadtfahrten unterblieben. Er ließ seine Tochter nicht mehr aus den Augen, als befürchtete er, sie könne nach Maria-Hag hinüberlaufen und sich mit Klaus verständigen.

Sie hätte es schon längst getan, aber unter dem ständigen wachsamen Blick des Vaters ging es einfach nicht. Sie musste warten, bis Klaus von sich aus eine Möglichkeit fand, zu ihr zu kommen. So verging eine ganze Woche, ohne dass etwas geschah.

Am Sonntag gingen Vater und Tochter zur Kirche. Über die nachtfeuchte Erde zogen die Nebel. Ganz dünn drangen hier und dort die Sonnenstrahlen durch und ließen die Laubbäume herbstlich bunt aufleuchten.

Die Wiesen waren leer. Aus den dichten Nebelschwaden hörte man das Geläute der Viehherden, die das nachwachsende Gras abweideten. Die Felder lagen brach, und von den Vogelbeerbäumen leuchteten die roten Früchte.

Es war ein wunderschöner Herbst.

»Ich will, dass das Bild der Mutter wieder auf seinen alten Platz in der Stube kommt!«, sagte er in das Schweigen.

Josefa blieb stumm.

Er wandte ihr seinen Blick zu. »Hörst du?«

Sie nickte nur.

»Morgen muss ich in die Stadt. Du kannst mitkommen.«

»Was soll ich dort?«

»Vielleicht hast du Besorgungen zu machen. Es müssen einige Wintersachen eingekauft werden.«

»Das hat noch Zeit, Vater«, antwortete Josefa kurz angebunden.

»Sag das nicht. Wenn das Regenwetter anfängt, kommt auch die Kälte. Das war bei uns immer so um diese Zeit.«

»Solange das Vieh auf der Weide ist, muss man noch nicht an den Winter denken, Vater.«

»In ein paar Wochen ist schon Kirchweih! Das Jahr dauert nicht mehr so lange.«

Mehr sprachen sie nicht. In der Kirche hatte der Vater seinen Platz im geschnitzten Chorgestühl seitlich vom Altar. Er kniete in der Mitte, etwas erhöht und vorgeschoben. Es war der Platz des Bürgermeisters. Rechts und links von ihm knieten die Gemeinderäte.

Das war ein alter Brauch in Kreitberg. Die gewählten Gemeindevertreter genossen auch in der Kirche einen gewissen Vorrang, auf den sie sehr stolz waren.

Josefa suchte einen Platz in den Reihen der anderen Frauen. Schon beim Betreten der Kirche schaute sie sich eifrig unter den Leuten um, denn sie hoffte, irgendwo Klaus Eckhart zu entdecken. Gewöhnlich stand er hinter den Stühlen und immer am gleichen Platz. Heute war dieser Platz leer, obwohl der Pfarrer und die Ministranten bereits eingezogen waren und mit dem Gebet begonnen hatten.

Gedankenverloren kniete sie in ihrer Bank. Sie sah den Vater vorn in der Mitte des Chorstuhles. Neben ihm kniete Hans Anwander, den Blick in das aufgeschlagene Buch gerichtet, obwohl jeder sich denken konnte, dass er keineswegs betete.

Und wenn man darüber nachdachte, welcher Hass zwischen dem Bürgermeister und dem Gemeinderat Anwander bestand, vermochte man nicht daran zu glauben, dass Gott ein Wohlgefallen gehabt hätte an ihren Gebeten ...

Josefa hätte am liebsten geweint.

Später wurde sie von einer Nachzüglerin, die ausgerechnet neben ihr Platz suchen musste, weiter in die Bank hineingedrückt. Ärgerlich darüber rückte sie von ihr weg, aber die Frau rückte auf, bis sie Ellenbogen an Ellenbogen nebeneinander knieten.

Dann wurde Josefa sogar noch ein paar Mal von ihr angestoßen, bis sie ihr schließlich das Gesicht entrüstet zuwendete. Dann aber verflog ihr Zorn rasch, denn es war Monika, die sich neben ihr eingefunden und so resolut ihren Platz behauptet hatte.

Sie flüsterten sich einen freundlichen Gruß zu. Aber erst während der Predigt gelang es Monika, der Freundin unbemerkt einen verschlossenen Brief zuzustecken. Josefa ahnte, wer der Verfasser des Briefes war und was der Inhalt zu bedeuten hatte. Sie verbarg den Umschlag in ihrem Gesangbuch.

Voller Bangen und Unruhe sehnte sie das Ende des Gottesdienstes herbei. Als sie endlich die Kirche verlassen konnte, musste sie ihre Geduld immer noch bezähmen, denn Monika blieb den ganzen Weg entlang an ihrer Seite, bis hinauf zum Anwanderhof, ohne zu fragen. Sie berichtete nur, dass ihr der Brief vom Nachbarsohn, der dem Jungschützenverein angehört, zugesteckt worden war mit dem Auftrag, ihn zu übermitteln.

Die Monika kicherte naiv dazu. »Wird sich halt einer in dich verschossen haben, Josefa, und der weiß nicht, wie er's angehen soll. Ich kann mir schon denken, wer es ist!«

»Wer?«

»Der ältere Sohn vom Halblechner.«

»Meinst du?«

»Er hat einmal in der Molkerei gesagt: Derjenige, der die Martiner Josefa kriegt, der kann sich alle zehn Finger abschlecken.«

Darüber mussten sie beide lachen.

Monika war absolut ahnungslos, stellte Josefa bei sich fest.

Martiner musste nach der Kirche noch ins Amtszimmer. Vor dem Gemeindehaus versammelten sich schon die Bauern, um die Bekanntmachungen zu lesen, die in einem Schaukasten neben der Tür hingen. Josefa war also auf dem Heimweg allein.

Einige hundert Meter vor ihr gingen die Dienstboten vom Martinerhof. Sie verzögerte ihren Schritt und blieb zurück. Endlich konnte sie den Brief aufbrechen.

Dann berichtete ihr Klaus, dass er schon am Freitagabend Kreitberg verlassen habe. Sein Meister habe ihn abgeholt, weil doch viel Werkzeug mit zurückgenommen werden musste.

Er bedauerte, dass er sie nicht mehr habe sehen und sprechen können, weil ihr Vater ihm das Haus verboten und ihn buchstäblich hinausgeworfen habe. Er habe ihm alles, was er im Martinerhof bei sich gehabt habe, in Maria-Hag vor die Füße geworfen. Trotzdem vertraue er jetzt auf die Zukunft. Er fühle, dass sie beide eine so große und tiefe Liebe verbinde, die kein Mensch zerstören könne. Sie solle tapfer und zuversichtlich bleiben, auch wenn ihr die kommenden Wochen und Monate schwer werden sollten, und nicht vergessen, dass er in Gedanken immer bei ihr sein werde. Sobald er wisse, wohin seine nächste Arbeit ihn führe, gebe er ihr umgehend Nachricht; dann solle sie ihm schreiben, wie sie sich die Zukunft vorstelle ...

»... nichts mehr, kein Raum und keine Zeit, kann und darf uns mehr trennen, Josefa, denn unsere Herzen schlagen miteinander und füreinander. Ich werde meine Briefe postlagernd schicken. Frage im Postamt Kreitberg nach. Dein Klaus.«

Sorgsam verbarg Josefa den Brief in ihrer Schürze. Er war das Unterpfand einer herrlichen und unsterblichen Liebe. Ihr Herz klopfte zum Zerspringen.

Markus Martiner schaute überrascht auf, als nach all den Tagen unheilvoller Spannung seine Tochter am Abend zu ihm in die Stube kam.

»Ich wollte dir nur sagen, dass ich morgen doch mitfahren möchte in die Stadt. Mir ist jetzt noch einiges eingefallen, das ich möglichst bald besorgen sollte«, begann sie.

Er nickte zufrieden. »Ich habe nur kurz auf dem Amt zu tun, dann erledigen wir das zusammen. Schließlich wird noch ein wenig Zeit sein, dass wir Christine Wandel aufsuchen. Sie wird sich riesig freuen.«

Josefa hatte keinen Einwand.

»Und ich freue mich auch, das kannst du dir denken, dass du nun doch vernünftig zu werden scheinst. Setz dich ein wenig her zu mir!«

Sie hatte befürchtet, dass er nach dem Bild der Mutter fragen würde. Aber das hatte er anscheinend wieder vergessen. Sie konnte sich nicht dazu überwinden, es wieder herzugeben, so lange er entschlossen war, Christine Wandel, diese undurchsichtige Person, zu seiner zweiten Frau zu machen.

Sie setzte sich auf den Stuhl, den er ihr zugeschoben hatte.

»Wir wollen kein Versteckspiel miteinander treiben, Josefa«, begann er dann und fuhr ein wenig verlegen mit der Hand über seinen gewaltigen Schädel. »Was geschehen ist, die Sache mit dem Maler, soll vergessen und vorbei sein. Ich möchte dir jetzt nur klar machen, dass ich dein Bestes will. Ich bin verantwortlich für dich und deine Zukunft. Du magst heute noch mein strenges Vorgehen verurteilen, Josefa, später aber wirst du einsehen, wie gut ich es gemeint habe. Ich hatte keine andere Wahl, als den jungen Mann in Maria-Hag aufzusuchen und ihm mein Haus für alle Zeiten zu verbieten. Ich muss gestehen, er hat mir weiter keine Schwierigkeiten mehr gemacht. Er befolgte mein Wort, und ich möchte fast annehmen, dass er die Unsinnigkeit eingesehen hat. Wie oft kommt so etwas unter jungen Menschen vor! Sie sehen sich, verlieben sich ineinander und meinen, nicht mehr ohne einander leben zu können. Wenn dann die Trennung kommt, vergessen sie sich ebenso schnell. Schon am Freitagabend ist der junge Mann zusammen mit seinem Meister weggefahren. Und damit hat der ganze Spuk ein Ende. Bei ihm wird es auch nicht anders sein als bei allen diesen wandernden Gesellen: Andere Städtchen, andere Mädchen.«

Sie sagte nichts. Ihr Gesicht war bleich und verschlossen.

»Wir wollen ihm wenigstens dort Ehre erweisen, wo er sie verdient, nämlich in seiner Arbeit; denn die ist gut und kann nicht genug gelobt werden. Aber von der Arbeit kann man nicht auf den Charakter eines Menschen schließen. Außerdem – was kann eine Tochter vom Martinerhof mit einem Kirchenmaler anfangen?« Er lächelte versöhnlich. »Er mag noch so fleißig und tüchtig sein, so bleibt er doch eine arme Kirchenmaus. Ich glaube, wir haben uns verstanden. Oder nicht?«

Sie nickte kaum merklich mit dem Kopf.

Trotzdem sprach Markus Martiner in den nächsten Tagen bei der Postagentur von Kreitberg vor und wies den Beamten an, die an seine Tochter gerichteten oder gar postlagernd zu behandelnden Briefe seien zurückzubehalten, bis sie von ihm persönlich abgeholt würden.

Der Beamte grinste verständnisvoll.

# 6

Auf dem Martinerhof wurden die Kartoffelfelder gerodet und das Obst von den Bäumen gepflückt. Auf den Bergen rauchten die Hirtenfeuer, oder es zog der beißende Qualm brennender Kartoffelstauden durch das Tal.

Am Kirchweihtag versammelte sich die Bevölkerung von Kreitberg zum feierlichen Gottesdienst in Maria-Hag. Die Basilika trug ihren Festschmuck und wurde mit diesem Tag wieder für die Öffentlichkeit freigegeben. Über eine lange Zeit hatten die Gerüste die Christen und Wallfahrer vom Besuch des Heiligtums abgehalten, und nur spärlich waren Neugierige gekommen, um zu sehen, wie weit die Renovierungsarbeiten fortgeschritten waren. Jetzt war wieder alles offen, und im Schein der Herbstsonne leuchteten die aufgefrischten Gewölbe.

Das Werk des jungen Kirchenmalers erfuhr uneingeschränktes Lob. Aber er hörte es nicht mehr. Wie aus dem Nichts gekommen, war er wieder in das Nichts verschwunden, und nach Wochen oder gar schon nach Tagen war er wieder so gut wie vergessen, obwohl er viele junge Freunde im Dorf zurückgelassen hatte.

Es war Brauch und Sitte, dass sich in jedem Bauernhaus Gäste zum Kirchweihfest einfanden. Zumeist waren es Familienangehörige, die wegen einer Eheschließung oder aus anderen Gründen das Dorf verlassen hatten. Man nahm diesen Tag gern zum Anlass, um wieder einmal dorthin heimzukehren. Denn nach den kirchlichen Feierlichkeiten kamen zu Mittag die besten Speisen aus Küche und Keller auf den Tisch. Und die Jugend ergötzte sich bis in die tiefe Nacht hinein beim Tanz.

Auch im Martinerhof war ein Kirchweihgast zugegen: Christine Wandel.

Es war nicht anders zu erwarten, und niemand im Haus schien sich zu wundern, als sie in ihrer auffallenden städtischen Kleidung auftauchte. Man hielt es lediglich für übertrieben, dass sie jetzt schon die teuersten Pelzsachen trug. Es schien ja noch immer die Sonne, und es war um die Mittagszeit noch sehr warm.

Offenbar wollte sie nur demonstrieren, dass sie keineswegs hinter den Bäuerinnen von Kreitberg, die an diesem Tag ihren vollen Staat anlegten, zurückstehen musste. Außerdem wunderte man sich, dass sie sich nicht einmal in der Kirche von Maria-Hag sehen ließ. Sie ging zusammen mit Martiner schon zur Frühmesse in die Dorfkirche, um, wie sie sagte, dann in der Küche behilflich sein zu können. Aber sie war dann nicht nur behilflich, sondern traf alle Anordnungen und Vorbereitungen und versuchte offensichtlich zu beweisen, dass in diesem Haus lange eine Frau gefehlt hatte. Die gute alte Regina hatte sehr schmale Lippen. Sie fühlte sich verdrängt und zu niedrigen Arbeiten degradiert.

Josefa dagegen machte das Spiel nicht mit. Sie ließ sich überhaupt nicht sehen, sondern kam erst von Maria-Hag zurück als der Tisch bereits gedeckt war.

Für den Bauern, seine Tochter und den Gast wurde in der Stube angerichtet.

Die Angestellten hatten ihren Platz um den großen Eichentisch auf dem Hausflur. Bei ihnen wurde viel geflüstert und gekichert, nur die alte Haushälterin machte ein Gesicht wie sieben Tage Regenwetter. Trotzdem – den Kirchweihschmaus ließ keiner stehen.

»Noch ist sie's nicht!«, tat der alte Alexander schließlich die Sorgen ab. Er meinte damit die Besucherin, die keinem als künftige Bäuerin gefallen wollte. Als es dann Bier gab, war der Spuk bald vergessen. Das Lachen dröhnte laut durch den Hausflur.

»Deine Leute scheinen sehr lustig zu sein«, meinte Christine, wenig erfreut über den Lärm.

»Das macht das Bier«, entgegnete Martiner.

»Bier?«

»An Kirchweih gibt es Bier. Das ist ein alter Brauch.«

Josefa saß schweigend am Tisch. Sie tat, was sie tun musste, sie aß von dem Festbraten und mühte sich, gute Miene zum bösen Spiel zu machen, obwohl ihr nicht danach zu Mute war.

Sie hatte bis jetzt noch nichts von Klaus gehört, obwohl seit seiner Abreise etliche Tage vergangen waren. Zweimal schon war sie an der Poststelle gewesen, um nach einem postlagernden Brief zu fragen. Aber der Beamte schüttelte nur bedauernd den Kopf und deutete obendrein durch ein viel sagendes Grinsen an, wie gut er ihren Kummer verstehen konnte.

»Nun habe ich doch etwas vergessen!«, jammerte Christine plötzlich auf.

Beide schauten sie erwartungsvoll an.

»Den Geburtstag unserer Josefa! Den achtzehnten! Ist das nicht furchtbar?«

Aber Martiner vermochte sie damit zu trösten, dass dieser Tag erst Mitte des nächsten Monats sei. Sie habe sich wohl verrechnet.

»Das ist gut! Ich wäre untröstlich gewesen.«

Josefa antwortete nur mit einem erzwungenen Lächeln.

Am Nachmittag ging Martiner mit seiner Zukünftigen die Fluren ab. Er wollte ihr heute alles zeigen, was er besaß, auch den Hochwald.

Josefa wanderte ins Dorf. Gerne hätte sie Monika aufgesucht, wusste aber nicht, wie sie das anfangen konnte, ohne mit ihrem Bruder zusammenzutreffen. Sie fürchtete sich vor seinen gehässigen Reden. Sicher war es bekannt geworden, welcher Gast sich zu Kirchweih im Martinerhof eingefunden hatte.

Sie ging langsam am Anwanderhof vorbei, konnte aber keinen Menschen entdecken. Sicher saß Monika wieder in der Ofenecke der Stube und hütete die Kinder. Josefa ging weiter. Das Dorf war wie ausgestorben. Vom Wirtshaus her hörte man Musikklänge und das Lärmen der Menschen. Die ganze Jugend schien sich beim Kirchweihtanz zu vergnügen.

Als sie an der Kirche vorbeikam, stieg sie zum Friedhof hinauf, stand eine Weile vor dem Grab der Mutter und fühlte sich elend und verlassen. Sie hatte keinen Menschen mehr. Hätte doch Klaus wenigstens nur eine Zeile geschrieben!

Hinter dem Friedhof lag das Pfarrhaus, umgeben von Bäumen, sodass kaum etwas davon zu sehen war. Der Pfarrer von Kreitberg, ein älterer, würdiger Herr, der sehr zurückgezogen lebte und sich lieber den ausgefallensten Studien hingab, als nach menschlicher Geselligkeit zu suchen, hatte sie in der Schule immer sehr gern gehabt. Sie trat in den Pfarrgarten und folgte dem schmalen, eingekiesten Weg, der unter den Bäumen zur Eingangstür führte. Das Haus war von einer fast unwirklichen Stille umgeben. Nur das leise Rascheln eines fallenden welken Blattes war zu hören. Bis hierher drang kein Laut mehr aus dem Dorf. Die einzige Nachbarschaft des Pfarrers waren die Toten, die auf dem Bergfriedhof ruhten, und die Kirche mit den spitzen Türmen.

Sie fasste nach dem Griff des Glockenzuges. Fast erschreckend laut ertönte im Haus das Klingeln. Nach einer Weile ging die Tür auf.

Ein großer, stattlicher Mann mit spärlichem, angegrautem Haar stand in schwarzer, feierlicher Soutane vor ihr. Ein paar wachsame, kluge Augen blickten sie freundlich an: der Pfarrer von Kreitberg.

Er hatte sie gleich erkannt und bot ihr die Hand zum Gruß.

»Welche Überraschung!«, sagte er mit tiefer, wohlklingender Stimme. »Ich hoffe, dass kein Besorgnis erregender Anlass dich zu mir führt, Josefa?«

Sie war ein wenig verlegen. »Ich wollte mich ja gleich am Anfang, nachdem ich wieder heimgekehrt war, bei Ihnen sehen lassen, aber ...«

»Man schiebt es von einem Tag auf den anderen und sieht dann, dass es spät geworden ist, nicht wahr?«, half er ihr und lächelte verständnisvoll. »Komm herein!«

Sie folgte ihm in das Studierzimmer, ließ sich auf dem Platz nieder, den er ihr zum Sitzen anbot, und blickte sich in dem ihr vertrauten Raum um. Sie war früher öfter hier gewesen, als sie nach dem Tod der Mutter Trost gesucht hatte.

Es war alles noch so wie früher, dieselben Möbel, dieselben Bilder an der Wand, der Tisch war noch in der gleichen Art mit aufgeschlagenen Büchern belagert. Man konnte fast meinen, dass es auch noch dieselben Bücher waren.

Er richtete ein paar freundliche Fragen an sie und nötigte sie förmlich zum Erzählen. Und während sie sprach und von heiteren und ernsten Ereignissen berichtete, studierte er immer wieder ihr Gesicht, als wäre ihm eine gewisse Veränderung aufgefallen. Natürlich, sie war älter geworden, reifer, aus dem Kind von damals war eine Frau geworden. Und dennoch ...

»Aber daheim ist es halt doch immer wieder am schönsten, nicht wahr?«, sagte er, als sie eine Pause einlegte. »Besonders, wenn man so einen Vater hat.«

Sie nickte nur dazu, und er glaubte zu bemerken, dass ein Schatten auf ihr Gesicht fiel.

»Ich freue mich, dass du dich endlich aufgerafft hast, mich zu besuchen. Ich hoffe, dass es nicht bloß bei diesem Anfang bleibt!«

Josefa nahm das als Zeichen, dass er ihren Besuch für beendet hielt. Sie erhob sich.

Aber er wies sie auf ihren Platz zurück. »Hast du es denn so eilig?«

»Das nicht ...«

»Na also – dann sprich dich doch aus! Sage mir wenigstens noch, warum du mich gerade heute aufgesucht hast. Die Höflichkeit allein ist es nicht, Josefa. Du hast Sorgen, und die möchte ich wissen, nicht aus Neugierde, aber ich möchte dir helfen, wenn ich es kann.«

Sie schaute ihn bestürzt an.

»Stimmt's?«, fragte er freundlich. »Du wolltest mir etwas sagen, und nun scheust du dich. Vielleicht hast du dich gar verliebt und kommst mit deinem Gewissen nicht zurecht? Also – was hast du auf dem Herzen, Josefa?«

Sie zögerte und gab damit deutlich genug zu verstehen, wie Recht er mit seiner Ansicht hatte.

»Inwieweit ist eine Tochter verpflichtet, ihrem Vater Gehorsam zu leisten, Herr Pfarrer?«, fragte sie dann plötzlich.

Er war überrascht. »Soweit es nicht gegen ihr eigenes Gewissen verstößt«, antwortete er. »Aber welcher Vater wird von seiner Tochter verlangen, dass sie etwas tut, was nicht recht ist? Ein Bürgermeister Martiner sicherlich nicht.«

»Es geht zunächst nicht um mich, Herr Pfarrer, sondern um meinen Vater selbst.«

Das verstand er nicht.

»Ich kann nicht billigen, dass er diese Person heiratet«, brach es aus ihr heraus. »Ich sehe, dass er sich damit in ein Unglück stürzen wird, dessen Ausmaß noch nicht vorauszusehen ist. Aber mein Vater ist fest dazu entschlossen, und ich kann nichts dagegen tun.«

Er schaute sie nun ganz entgeistert an. »Es ist also wahr, dass er wieder heiraten will? Ich habe davon gehört, aber nicht daran geglaubt, denn gewöhnlich sind nur die wenigsten Gerüchte wahr, die in einem Dorf umgehen.«

»Leider ist es wahr, und wie ich meinen Vater kenne, wird niemand ihn daran hindern können. Sie werden vielleicht schon dieser Tage erleben, dass er zu Ihnen kommt, um das Aufgebot zu bestellen. Ich kann aber auf keinen Fall mit dieser Frau unter einem Dach leben. Also werde ich das Haus verlassen. Ist das eine Sünde?«

»Meine liebe Josefa, das kann ich nicht sagen. Es ist immer ein großes Übel, wenn ein Kind den Vater oder die Mutter im Zorn verlässt. Außerdem darf man doch wohl annehmen, dass du einmal Erbin des Martinerhofes sein wirst. Willst du darauf verzichten?«

»Ja, wenn keine Kinder mehr nachkommen, soll der Martinerhof einmal mir zufallen. Wann? Vielleicht in zwanzig oder dreißig Jahren, und warum sollten keine Kinder mehr kommen? Es kümmert den Vater nicht, dass ich gegen seine Heirat bin. Ich aber soll mich in der Wahl meines Mannes nach seinen Wünschen richten, und da der Mann, den ich liebe und mit dem ich für immer zusammenbleiben will, nicht einem großen Bauernhof oder einem reichen Sägewerk entstammt, hat er ihn davongejagt. Nein, Herr Pfarrer, Gott kann so etwas nicht wollen.« Sie war heftig geworden.

»Wer ist dieser Mann, Josefa?«

»Klaus Eckhart heißt er. Er hat die Kirche von Maria-Hag restauriert ...«

»Und im Martinerhof gewohnt.«

Sie nickte.

Der Pfarrer sagte nichts mehr. Er fuhr mit der Hand über sein graues Haar.

»So wahr mir Gott helfe, ich habe den Vater immer geliebt und seine Wünsche geachtet!«, stieß sie jetzt krampfhaft hervor, und ihre Augen füllten sich mit Tränen. »Er ist für mich das Sinnbild der Güte, Rechtschaffenheit und Kraft gewesen. Dann kam diese Frau ...«

Der Pfarrer schwieg. Er wusste, jetzt würde sie sich aussprechen und ausweinen.

»Seit er mit ihr zusammen ist, hat er sich verändert. Ich habe das Bild der Mutter, das in der Stube am der Wand hing, abgenommen und in meine Kammer getragen, und er hat es nicht einmal gemerkt. Als ich Klaus Eckhart begegnet bin, wurde mir klar, dass kein Unglück im Haus das Glück meines Herzens mehr überwiegen konnte. O ja, ich kann auf den Martinerhof verzichten. Und müsste ich in eine kleine Mietwohnung ziehen. Wo die Liebe ist, Herr Pfarrer, ist der Reichtum.«

Unter solchen Umständen fiel es dem Pfarrer schwer, einen Rat zu geben. Er hielt sich zurück. »Triff keine übereilte Entscheidung, Josefa«, sagte er schließlich. »Wir wissen nicht, was deinen Vater dazu bewegt, eine zweite Ehe einzugehen. Aber du darfst sicher sein, dass seine Liebe zu dir fortbestehen wird, auch wenn du im Augenblick glaubst, sie sei erloschen. Unternimm nichts, womit du später dein Gewissen belasten könntest. Wenn du eine Entscheidung treffen musst, dann komm vorher zu mir, und sprich dich so offen aus, wie du es heute getan hast! Willst du mir das versprechen, Josefa?«

Sie nickte. »Ja, ich verspreche es!«

In diesen Tagen begannen die Bauern von Kreitberg damit, die Sicherungsmauern ihres Wildbachs, der droben durch die Bergwälder rauschte und über das Gefälle der so genannten Bläßhalde seinen Weg ins Tal nahm, zu überprüfen und auszubessern. Die Kreitberger hatten schon seit Menschengedenken durch Sperren und Wehre den Ausbruch des Wildbaches bei Hochwasser zu verhindern versucht. An besonders gefährdeten Stellen waren Mauern aus Stein und Lehm errichtet worden. Es gab Jahre, in denen nichts geschah und das Wasser in seinem Bachbett ruhig und leise plätschernd ins Tal floss, aber plötzlich trat es dann über die Ufer und wurde zu einer wilden Flut, die jeden Widerstand brach und mit elementarer Kraft ihr Zerstörungswerk vollführte. So mancher Bauer war im Lauf der Zeit durch eine solche Überflutung schon in arge Not gekommen, um Hab und Gut gebracht worden oder gar in Lebensgefahr geraten.

Immer im Herbst traten die Bauern von Kreitberg zu einer Gemeinschaftsarbeit an. Die schadhaften Stellen an den Mauern wurden ausgebessert und befestigt, das Bachbett von Geröll und Unrat befreit und die Talsperren neu ausgestuft. Denn im Frühjahr, wenn eine gewaltsame Schneeschmelze einsetzte, waren die Gefahren von Überschwemmungen besonders groß.

Nun hätte man freilich auch einer Firma einen Auftrag erteilen können, eine fachmännische Verbauung des Wildbaches vorzunehmen, die für jedes Wetter und für alle Zeiten diese Gefahren gebannt hätte. Doch ein solches Werk war mit großen Unkosten verbunden, und da man sich schließlich auch selbst helfen konnte, wollte man diese finanzielle Belastung vermeiden.

Nicht jeder im Dorf hielt diesen Weg für richtig, und es kam im Gemeinderat oft zu heftigen Debatten zwischen der einen Partei, die für eine endgültige Wildbachverbauung war, auch wenn sich die Gemeinde dafür hoch verschulden musste, und der anderen, die dagegen war und für Sparsamkeit plädierte. Lieber leistete man ihrer Meinung nach einmal im Jahr eine Gemeinschaftsarbeit, um über die Winter- und Frühjahrsgefahr hinwegzukommen.

Markus Martiner hatte als Wortführer der Sparsamen über seinen Hauptgegner, Hans Anwander, in dieser Angelegenheit den Sieg davongetragen. Aus jedem Haus wurden ein paar Arbeitskräfte abgestellt. In einzelne Kolonnen aufgeteilt, versuchten die Männer von Kreitberg den Wildbach nach bewährten Methoden zu zähmen.

Es fiel auf, dass Hans Anwander fehlte. Nicht einmal einen seiner Arbeiter hatte er geschickt. Vielleicht wollte er damit demonstrieren, wie wenig er von dieser Gemeinschaftsarbeit hielt, oder er wollte den Bürgermeister und alle Gegner zu einer neuen Attacke herausfordern.

Aber Markus Martiner ging darüber hinweg. In seiner Überzeugung, wieder das Bestmögliche zum Schutze des Dorfes und der Fluren angeordnet zu haben, verzichtete er auf die Mithilfe einiger weniger Widersacher. Dafür nahm er selbst täglich mit allen seinen männlichen Angestellten an der Arbeit teil, soweit er sich von seinen anderen Geschäften frei machen konnte. Wenn die Nacht kam, saß er bereits wieder in seinem Amtszimmer im Gemeindehaus, um der Öffentlichkeit als Dorfoberhaupt zur Verfügung zu stehen. Er war ein Beispiel von Fleiß und Ausdauer, dem man Anerkennung zollen musste. Niemand hätte der Behauptungen, der Martiner habe das Interesse am Dorf verloren und es würde langsam Zeit, dass er sich von seinem Posten ablösen ließe, ehrlichen Herzens zustimmen können.

Über zwei Wochen dauerte diese große Arbeit am Bett des rauschenden Wildbachs, dann war es so weit, eine letzte Inspektion ergab die volle Überzeugung, dass alles getan war, was man nur tun konnte, um die Gefahr des Wildwassers zu bannen.

Nun konnte der Winter kommen.

Aber noch dauerte der Herbst an, wenn er auch bereits kräftige Nachtfröste und bedrohliche Stürme brachte.

Josefa Martiner beging ihren achtzehnten Geburtstag. Von einer eigentlichen Feier konnte allerdings nicht gesprochen werden: Der Tag verlief wie jeder andere. Der Vater überreichte ihr ein Sparbuch, auf das er eine größere Summe Geld einbezahlt hatte, über die sie frei verfügen konnte. Die Angestellten standen vollzählig parat, als sie am Morgen über die Stiege herabkam. Jeder einzelne drückte ihre Hand und wünschte ihr Glück. Am herzlichsten taten es die beiden Alten, der Alexander und die Regina. Beide hatten feuchte Augen. Sie waren schon auf dem Hof gewesen, als Josefa zur Welt gekommen war.

»Ich danke euch allen!«, antwortete Josefa gerührt und schluckte.

Am Nachmittag kam Christine Wandel. In einer überschwänglichen, nahezu abstoßenden Freundlichkeit beglückwünschte sie das Mädchen und überreichte ihm eine goldene Halskette, die Josefa allerdings nicht zu beeindrucken vermochte. Falls sie wirklich aus echtem Gold sein sollte, hatte sie ja ohnehin der Vater bezahlt.

Aber schon am frühen Abend brachte Martiner Christine wieder zurück in die Stadt und kam erst gegen Mitternacht wieder heim. Josefa war auch an diesem Tag so einsam wie immer.

Am nächsten Tag suchte Markus Martiner den Pfarrer auf. Vielleicht ahnte der Geistliche, welchem Zweck dieser Besuch des Bürgermeisters dienen sollte, denn ohne jede Überraschung führte er ihn in sein Amtszimmer.

»Kommen Sie als Bürgermeister von Kreitberg oder in eigener Sache zu mir, Martiner?«, fragte der Pfarrer und stellte sich so unwissend wie nur möglich.

»In eigener Sache, Herr Pfarrer.«

»Hoffentlich nicht mit einem Kummer?«

Martiner lachte.

»Das hoffe ich nicht, Herr Pfarrer, wenigstens dürfte es kein Kummer sein, wenn einer sein Heiratsaufgebot bestellt.«

»Wie? Ein Heiratsaufgebot? Doch nicht etwa für Sie selbst?«

»Richtig, für mich selbst. Wundert Sie das wirklich, Herr Pfarrer? Eigentlich hatte ich angenommen, dass auch Ihnen längst etwas davon zu Ohren gekommen ist.«

»Es kommt mir ständig etwas zu Ohren, Martiner, aber ich glaube nicht jedes Gerücht, von dem ich höre. Vor allem dann nicht, wenn es gar so unsinnig klingt.«

Martiner hob den Kopf und warf dem Geistlichen einen unwilligen Blick zu. Er hatte den Tadel verstanden, aber er nahm sich zusammen und förderte seine Brieftasche zu Tage, in der er die Papiere verwahrte, die zu für diesen Antrag nötig waren. Schweigend reichte er Stück für Stück dem Pfarrer hin.

Der warf einen Blick darauf und nahm sie an sich.

»Fehlt etwas?«, fragte der Bauer.

»Nein. Das heißt – etwas scheint noch zu fehlen, nämlich, ob Sie sich diesen Schritt auch gründlich überlegt haben, Martiner.«

»Wie?«

»Es gehört zu meiner Pflicht, jedes meiner Pfarreimitglieder darauf hinzuweisen. Sie mögen mir glauben oder nicht: Nicht jeder hat genau darüber nachgedacht, wenn er mit diesem Anliegen zu mir kommt.«

»Sie werden doch nicht ernsthaft an meiner Entscheidung zweifeln, Herr Pfarrer?«

»Ich weiß, Sie sind ein kluger, unbescholtener Mann, ein Mann von Ansehen. Umso mehr würde es mir Leid tun, wenn Sie einen Schritt, den man nicht mehr zurücknehmen kann, unternehmen würden, ohne sich die Sache reiflich überlegt zu haben. Im schlimmsten Fall könnten Sie damit ein wirkliches Unheil anrichten.«

Jetzt richtete Martiner sich angriffslustig auf. »Ist das Ihre übliche Rede, oder wenden Sie sie nur bei mir an, Herr Pfarrer?«

»Sie haben eine erwachsene Tochter, Martiner, selbst schon im heiratsfähigen Alter. Ich kann mir nicht helfen, aber ich sorge mich ernsthaft um den Frieden in Ihrem Haus.«

Das Gesicht des Bauern verfinsterte sich. »Ich meine, dass ich alt genug bin, um entscheiden zu können, was ich zu tun habe, und Josefa kann von mir nicht erwarten, dass ich den Rest meiner Tage wie ein Mönch lebe.

Niemand kann mir vorwerfen, dass ich für Josefa nicht alles getan hätte, was ich konnte, als ihre Mutter von uns gegangen ist. Ich habe dafür gesorgt, dass sie neben den Arbeiten, die sie von unserem Hof her schon gekannt hat, auch kaufmännische Kenntnisse erworben hat, und sie wird von mir eine großzügige Mitgift erhalten. Sie wird dadurch einmal in der Lage sein, in den besten Bauernhof oder in ein gutes Geschäft einzuheiraten.«

»Vorausgesetzt, dass sie es will, Martiner.«

»Dann kann ich ihr auch nicht helfen! Jedenfalls habe ich meine Schuldigkeit getan.«

»Nicht ganz, Herr Bürgermeister!«, wandte der Geistliche unerbittlich ein. »Sie tragen weiterhin die Verantwortung für Ihr Kind, falls es durch Ihren Schritt einen seelischen Schaden nehmen sollte. Ich habe als Priester die Pflicht, Sie darauf hinzuweisen!«

»Ich danke Ihnen, Herr Pfarrer! Es ist aber keine Rede davon, dass ich mir der Verantwortung nicht bewusst bin oder mich gar davor drücken will. Ich bin bereit, sie zu tragen.«

Es war nichts mehr zu machen. Der Geistliche holte das Kirchenbuch, um seine Eintragungen zu machen. Noch einmal hörte er im Schreiben auf und richtete seinen Blick auf das Gesicht des Bauern.

»Ich kenne weder den Grund, die Sie zu Ihrer Heirat veranlasst, noch die Frau, die in Zukunft als Bäuerin auf dem Martinerhof regieren wird«, setzte er noch einmal an. »Aber ich weiß aus Erfahrung, dass es in vielen Fällen durch eine zweite Ehe zu Problemen in der Familie kommt. Die Kinder aus erster Ehe verlassen das Vaterhaus, in dem sie plötzlich kein Platz mehr für sich selbst sehen, sie verlassen den Vater, der keinen Blick mehr für sie zu haben scheint ...«

»Das lassen Sie getrost meine Sorge sein, Herr Pfarrer!«, unterbrach Martiner ihn gereizt. »Es wird Platz sein für meine Tochter im Haus, und was mich betrifft, werde ich nie vergessen, dass Josefa mein Kind ist.«

»Nun – in Gottes Namen«, brummte der Geistliche und fuhr mit den Eintragungen fort.

Man hörte jetzt nur noch das Kratzen des Stifts.

»Ich möchte noch anmerken, dass die kirchliche Trauung nicht hier in Kreitberg stattfindet, sondern in der Stiftskirche von Kloster Waldburg«, sagte Martiner in die Stille.

»Warum das?«

Martiner überging diese Frage. »Ich bitte um die Überschreibung!«

»Sie können die Papiere bei mir abholen, Martiner.«

Der Abschied zwischen den beiden Männern fiel kühl aus.

# 7

Die Leute von Kreitberg horchten auf, als ihr Pfarrer nach der Sonntagspredigt von der Kanzel unter anderen Verkündigungen das bestellte Aufgebot vorlas:

»Zum Sakrament der Ehe haben sich versprochen der Witwer Markus Martiner, Bauer und Bürgermeister von Kreitberg, und die verwitwete Christine Wandel aus Hoffingen.«

Wenn auch alle Gesichter geradeaus schauten, trat eine atemlose Stille unter den Zuhörern ein. Kein Räuspern und kein Husten mehr. Die Blicke richteten sich wie auf Kommando zum Chorgestühl. Aber der Bürgermeistersessel war heute leer. Auch der Platz, den sonst immer Josefa Martiner einnahm, war heute frei geblieben. Die beiden hatten heute in Maria-Hag dem Gottesdienst beigewohnt, denn Markus Martiner hatte den Blicken der Menschen aus dem Weg gehen wollen.

Hans Anwander aber stand aufrecht auf seinem Platz neben dem Bürgermeistersitz. Wer ihn genau betrachtete, der konnte den heimlichen Triumph erkennen, der sich auf seinem Gesicht breit machte. Er hatte also Recht behalten – und er konnte sich freuen, denn Markus Martiner hatte ihm, ohne es zu wollen, mit diesem Entschluss schon so gut wie sicher seinen Platz geräumt, hier in der Kirche und drüben im Amtszimmer des Gemeinderates, wo es um den Vorsitz ging.

Und die Reaktion der Dorfbewohner schien ihm Recht zu geben: Sie traten Markus Martiner nun mit kühler Zurückhaltung und Befremdung entgegen. Das ganze Dorf schien an seinem Entschluss Anstoß zu nehmen. Stolz setzte er sich darüber hinweg. Solange er als Bürgermeister mit unvermindertem Eifer seine Pflicht tat, konnte ihm niemand etwas anhaben. Und in seine persönlichen Angelegenheiten sollte ihm niemand etwas dreinreden.

Josefa aber sprach immer wieder in der Postagentur vor, um nach einem postlagernden Brief zu fragen. Und immer wieder schüttelte der Beamte mit einem bedauernden Lächeln den Kopf.

»Diese jungen Männer heutzutage!«, schüttelte er den Kopf. »Aus den Augen, aus dem Sinn! «

Josefa war nicht danach zu Mute, auf solche Bemerkungen einzugehen. Ein wenig beschämt verließ sie die Poststelle und machte sich traurig auf den Heimweg. Sie suchte nach tausend Gründen, die Klaus am Schreiben hindern könnten. Sie wollte nicht daran glauben, dass er sie vergessen hatte. Klaus wusste genau, in welche verzweifelte Lage der Vater sie gebracht hatte. Schon deshalb konnte er sie nicht einfach verlassen haben.

Es war an einem Montag, als Markus Martiner schon beim ersten Morgengrauen, als noch kein Mensch auf den Beinen war, das Auto aus dem Schuppen holte und den Lack mit einem Lappen bearbeitete, bis er glänzte. Dann wusch und rasierte er sich und zog seinen besten Anzug an.

Bevor er ging, klopfte er an die Kammertür seiner Tochter.

Josefa fuhr aus dem Schlaf hoch, machte Licht und warf einen Blick auf den Wecker. Es war noch lange nicht Zeit zum Aufstehen.

»Was ist?«, fragte sie.

»Mach auf!«, ertönte die Stimme des Vaters vor der Tür.

Sie warf sich ein Kleid über und ließ ihn herein.

»Heute ist mein Hochzeitstag«, sagte er. »Um zehn Uhr ist die Trauung im Kloster Waldburg. Ich habe angenommen, dass es dir peinlich gewesen wäre, wenn ich dich dazu eingeladen hätte. Darum habe ich lieber nichts gesagt. Christine und ich fahren allein.«

Sie sagte nichts.

»Ich wollte dir nur sagen, dass wir am Spätnachmittag zurückkommen. Vielleicht richtest du eine kleine Tafel, auch für die Angestellten.«

Sie nickte nur.

Er ging eilig davon. Gleich darauf hörte sie den Wagen zum Hof hinausfahren.

Man hätte darüber lachen können, wenn es nicht gar so ernst gewesen wäre, denn eine solche Hochzeit hatte es auf dem Martinerhof wohl noch nie gegeben. Alles geschah hastig, im Verborgenen. Niemand wollte darüber sprechen, und auf einmal war eine neue Bäuerin im Haus.

Und was für eine! Das schwarze Haar modern aufgetürmt, geschmückt mit baumelnden, goldenen Ohrringen, das Gesicht bemalt, als stünde sie auf einer Bühne.

Niemand wurde Gelegenheit gegeben, sich darüber auszulassen. Die Arbeit auf dem Hof ging weiter, als wäre nichts geschehen.

Verblüffend schnell arbeitete sich die neue Herrin in ihre Aufgaben ein, besonders soweit sie die Rechte einer Frau des Hauses betrafen. Schon nach wenigen Tagen hielt sie das Zepter fest in der Hand.

Zunächst hatte die gute alte Regina aus Küche und Haus zu weichen. Sie hatte plötzlich bei der Bestellung des Haushalts nichts mehr zu sagen, nachdem sie jahrelang die fehlende Bäuerin hatte ersetzen müssen. Ihr Platz war künftig bei den Arbeitern auf dem Hof und im Stall. Dafür war Josefa da, um die Bäuerin zu unterstützen, aber das war auch der einzige Vorzug, den Josefa als Tochter des Hauses genoss. Im Übrigen war sie den Bediensteten gleichgestellt. Sie saß mit den Angestellten beim Essen um den Tisch im düsteren Gang, während der Bauer und seine Frau ihre Mahlzeiten gesondert in der Stube einnahmen.

Die neue Bäuerin hielt es unter ihrer Würde, sich mit dem Gesinde an einen Tisch zu setzen. Gut, sollte sie ihren Willen haben! Jede hatte eben wieder andere Manieren, und es war vielleicht besser, wenn man ihr möglichst wenig begegnete. In den Angelegenheiten des Hofes hatte sie Gott sei Dank nichts dreinzureden. Sie verstand davon zu wenig.

Sowohl die Regina als auch der Alexander waren also nicht begeistert von diesem neuen Regiment. Sie wandten dafür Josefa mehr Aufmerksamkeit zu, denn sie ahnten, wie schwer das Mädchen unter diesen neuen Verhältnissen leiden mochte, wenn es auch nie ein Wort der Klage darüber verlor. Man konnte sich wohl denken, wie schwer es ihr, der Tochter, fallen musste, an der Tür der Wohnstube vorbeizugehen, als gehöre sie nicht mehr zur Familie. Wie weh musste es ihr tun, den Vater bei einer neuen Frau zu wissen und ihm täglich fremder zu werden!

Wenn der Sonntag kam, fuhren Bauer und Bäuerin irgendwohin in die Kirche, nur nicht nach Kreitberg. Christine weigerte sich, dort hinzugehen. Sie sagte, dass sie nichts mehr hasse als die neugierigen Blicke der Menschen. Sie aßen irgendwo auswärts zu Mittag und kamen gewöhnlich erst am Abend heim.

Das hatte auch Auswirkungen auf Markus Martiners Aufgaben als Bürgermeister des Dorfes. Man hatte sonst auch sonntags zu ihm kommen können. Jeweils nach dem Hauptgottesdienst hatte er sich für besonders dringliche Anliegen im Amtszimmer des Gemeindehauses der Bevölkerung für eine Stunde zur Verfügung gestellt. Das war nun vorbei. Wer einen

Antrag oder ein Anliegen an ihn hatte, musste zu den vorgegebenen Zeiten zu ihm kommen.

Als Josefa an einem Sonntagmorgen von der Kirche kam und auf ihrem Heimweg am Anwanderhof vorbeiging, trat eben der Bauer aus dem Haus. In seiner ungehobelten Art schaute er ihr herausfordernd entgegen und stocherte in seinen Zähnen herum. Josefa wollte an ihm vorbeigehen, ohne ihn zu beachten, obwohl er bis zur Straße herausgekommen war.

»He, du!«, rief er plötzlich. »Ich möchte dir etwas für deinen Vater bestellen.«

Josefa hielt ihren Schritt an und wartete, bis er herangekommen war.

»Wo ist er denn heute wieder hingefahren, der Martiner?«

»Das weiß ich nicht.«

»Ist er daheim?«

»Nein.«

»Komische Sitte, nur noch auswärtige Kirchen aufzusuchen, und das von einem Bürgermeister! Nun ja, er wird schon wissen, warum er das tut. Aber die Kreitberger, meine ich, werden auch für die neue Bäuerin gut genug sein. Im Gegenteil, eher hätten doch die Leute hier Grund, sich von ihr zu distanzieren. Ein Aushängeschild für einen Bauernhof ist sie gerade nicht, diese Zierpuppe. Hab' ich Recht?« Er lachte gehässig auf.

»Was habe ich dem Vater zu bestellen, Anwander?«, fragte Josefa, ohne auf seine boshaften Bemerkungen weiter einzugehen.

Er beachtete ihre Frage nicht.

»Vielleicht denkst du nun manchmal daran, was ich dir schon vor einiger Zeit gesagt habe. Aber das ist erst der Anfang. Heute musst du um dein Erbe bangen, und morgen hast du deine Heimat verloren. Du wirst es schon sehen!«

Sie war empört über diese harten Worte. »Es steht dir schlecht an, Anwander, über das Tun anderer Menschen zu richten! Ich könnte dich ebenso fragen: Was hast du aus deiner Schwester Monika gemacht? Eine Hausangestellte, dazu noch eine erbärmliche!«

»Bist du mehr?«, höhnte er. »Du bist die eigene Tochter, die Erbin des Hofes – gewesen, natürlich gewesen. Heute bist du's nicht mehr! Die Moni ist bloß meine Schwester, und sie sollte sich dafür bedanken, dass man sie zu einer brauchbaren Bäuerin heranzieht. Kein Mensch wird ihr das Erbgut vorenthalten, wenn sie einmal einen ordentlichen Menschen zum Mann nimmt. Jedenfalls ist sie nicht zu bedauern wie du, die du ganz sicher eines Tages aus dem Haus gejagt werden wirst wie ein kranker Hund! Darum brich jetzt keine Lanze für unsere Moni. Sie hat das nicht nötig. Sie wird einmal einen Bauern heiraten, der fest genug im Sattel sitzt, um ihr eine sorglose Zukunft zu gewährleisten, auch wenn sie nicht wie du eine große Schule besucht hat, in der man nichts lernt als eine Großmauligkeit.«

»Ich will wissen, was ich dem Vater zu bestellen habe, Anwander«, erinnerte sie ihn ungeduldig.

»Dass wir hier im Dorf sehr unzufrieden sind. Wenn es seiner Bäuerin nicht gefällt, dass er am Sonntag nach dem Kirchgang für eine Stunde im Gemeindehaus seinen Laden öffnet, soll er sein Amt zur Verfügung stellen, bevor man es ihm aus den Händen nimmt.«

»Ich werd's ausrichten.« Josefa ging weiter, ohne die Worte zu beachten, die er ihr noch nachrief.

Auch an diesem Sonntag schien Martiner mit seiner Frau irgendwo auswärts zu essen, wenigstens kamen sie am Mittag nicht heim. Es war wieder einmal Josefa überlassen, für die Mahlzeit der Angestellten Sorge zu tragen, ein Zustand, wie er keiner rechtschaffenen

Bäuerin hätte unterlaufen dürfen. Kein Wunder, dass der eine oder andere Hausangehörige Anstoß daran nahm, allerdings in sehr verschiedener Weise. Während der alte Alex betrübt den Kopf schüttelte und sich seine Gedanken darüber machte, reagierte die Jungen mit spöttischen Anspielungen, und Josefa saß dabei, ohne verhindern zu können, dass ihr Gesicht hin und wieder rot anlief vor Scham.

»Unser Bauer treibt's schon toll mit den Flitterwochen«, spöttelte ein junger Arbeiter. »Wenn es ihm bloß nicht schadet! In seinem Alter könnt's ihm leicht zu viel werden.«

Die jungen Hausangestellten kicherten.

»Ich habe einen Hufschmied gekannt, der bis zu seinem fünfundfünfzigsten Jahr Junggeselle geblieben ist. Ein zünftiger Mann! Der kommt eines Tages an eine junge Frau, heiratet ...«

»... und?«, wollten die anderen wissen.

»Es kann kein Junger so verliebt sein, wie er gewesen ist. Er hat sie förmlich auf Händen getragen. Was sie sich gewünscht hat, wurde gekauft, das ganze Geld hat sie ihm ausgegeben. Und als die Schulden schon das Dach des Hauses eingedrückt haben, muss er dahinter gekommen sein, dass sie ihn die ganze Zeit schon betrogen hatte. Es gab einen fürchterlichen Krach, und als Nachbarn nach dem Rechten gesehen haben, war die ganze Einrichtung zusammengeschlagen, und die junge Frau war verschwunden und ist nie mehr aufgetaucht.«

Diese traurige Geschichte löste unter den jungen Leuten nur Gelächter aus.

»Ich fürchte, dass es unserm Bauern auch so gehen wird«, spottete der Arbeiter weiter.

Der alte Alexander schlug mit der Faust auf den Tisch. »Halt's Maul!«, rief er, und an seinen Schläfen drohten die Adern zu platzen.

Josefa stand auf und ging weg. Nun war es auch schon im eigenen Haus so weit ...

Am Tag darauf gab es eine Überraschung. Am Morgen waren die beiden in dem grauen Volkswagen weggefahren, und der Bauer war am Steuer gewesen. Jetzt kehrten sie in einem funkelnagelneuen Mercedes zurück, und die Bäuerin chauffierte den Wagen.

Sie mussten also in der Stadt gewesen sein und den Kauf getätigt haben. Das Auto blieb vor dem Haus stehen, sodass es jeder sehen und bewundern konnte.

Josefa dachte an die Erzählung des jungen Arbeiters. Sie war ihm böse gewesen, als er ihren Vater mit dem Beispiel dieses Hufschmieds verglichen hatte, aber vielleicht hatte er ja doch recht?

Bevor es zu dunkeln begann, bestieg die Bäuerin abermals den Wagen und fuhr davon. Diesmal war sie allein. Offenbar hatte sie noch nicht genug und wollte unbedingt noch einmal in dem neuen Auto fahren.

Josefa hatte sich also um das Abendessen der Angestellten zu kümmern, denn Christine ließ auf sich warten. Wohin sie wohl gefahren war? Vielleicht wusste es der Vater.

Er saß in der Stube und rührte sich nicht, allein die beleuchteten Fenster verrieten seine Anwesenheit.

Bevor Josefa zu Bett ging, klopfte sie an der Stubentür an. Das hatte sie noch nie getan. Sie, die eigene Tochter!

»Herein!«, ertönte die Stimme Martiners.

Er saß am Tisch und zeichnete an einem Plan. Vielleicht befasste er sich mit dem Bau einer Garage für den neuen Mercedes.

Er schaute ihr befremdet entgegen. »Was ist noch?«

»Ich habe dir etwas auszurichten.«

»So? Von wem?«

»Vom Anwander.«

Seine Stirn wurde finster.

»Wie kommst du zum Anwander?«, fragte er.

»Er hat mich gestern auf dem Weg abgepasst.«

Jetzt horchten sie beide zum Fenster. Eben war ein Auto vorgefahren. Eine Tür fiel zu.

»Und?«, fragte Martiner. »Was hat mir der Anwander zu sagen?«

Aber da ging die Tür auf. Die Bäuerin betrat die Stube. Sie trug neue, moderne Kleidung, herbstlich und sportlich. Eine komische Bäuerin! Kein Wunder, dass die Leute Anstoß nahmen.

»Ach, die Josefa ist noch bei dir?«, sagte sie mit einem falschen Lächeln. »Du solltest noch den Wagen in den Schuppen stellen, Markus. Über Nacht fällt der Nebel ein.«

Der Bauer nickte.

Auf seinem Gesicht stand eine Frage, vielleicht, wo sie so lange gewesen sei, aber er ließ sie nicht laut werden.

Christine nahm ihre Mütze ab und nestelte in ihrem Haar. Ihr Gesicht war gerötet. Man sah ihr an, wie viel Spaß ihr die Fahrt in ihrem neuen Auto gemacht hatte.

»Weiter!«, fuhr der Bauer, an seine Tochter gewandt, fort. »Was ist mit dem Anwander?«

»Es gefällt ihm nicht, dass am Sonntag das Bürgermeisteramt geschlossen bleibt.«

»Das geht den Anwander einen feuchten Staub an!«

»Das ganze Dorf sei unzufrieden, sagt er.«

»Mit mir?«

Christine brach in ein schallendes Lachen aus. »Noch etwas? Sagt man vielleicht nicht auch noch, dass die Bäuerin vom Martinerhof ihren Mann unter dem Pantoffel hat?«

Josefa blickte sie an und spürte plötzlich deutlich die Feindseligkeit, die diese Frau ihr entgegenbrachte.

Bis jetzt hatte sie sie noch zu verbergen versucht, auf einmal aber ließ sie die Maske fallen.

»Sprich!«, herrschte die Bäuerin das Mädchen an.

»Das weiß ich nicht.«

»Aber andere Dinge weißt du, natürlich, wenn du dich mit dem Dorf schon zusammentust gegen deinen eigenen Vater!«

»Das ist nicht wahr!«, wollte Josefa sich dagegen wehren, doch die Frau achtete nicht darauf. »Der Bauer vom Martinerhof hat nach den Menschen im Dorf nichts zu fragen«, fuhr sie fort. »Er ist ein freier Mann! Nur weil er Bürgermeister ist? Was hat er davon? Arbeit, Unannehmlichkeiten, üble Nachrede, weil es der Beste nicht jedem recht machen kann.« Und zu ihrem Mann gewandt fuhr sie fort: »Sag ihnen doch, dass du ihnen das lächerliche Amt vor die Füße wirfst, wenn du auch noch am Sonntag ihren Fußabstreifer machen sollst!«

»Schweig!«, brüllte jetzt Markus Martiner, und man wusste nicht, galt seine Heftigkeit der Tochter oder seiner Frau. Sie schauten ihn beide bestürzt an.

Josefa ging zur Tür. Niemand hielt sie zurück, als sie nach der Klinke griff.

»Gute Nacht!«

Keine Antwort.

Josefa zog die Tür hinter sich zu.

Von dieser Stunde an war zwischen der Tochter Martiners und ihrer Stiefmutter eine offene Feindschaft ausgebrochen, die sich von Seiten der Frau in ständigen Sticheleien und kleinen Bosheiten äußerte. Josefa dagegen beantwortete diese Haltung mit eisigem Schweigen und unanfechtbarem Stolz.

An einem Spätnachmittag sprach die Tochter Martiners wieder einmal erfolglos bei der Poststelle vor. Natürlich war auch heute kein Brief da, und der Beamte schüttelte wie immer mit einem bedauernden Lächeln den Kopf.

»Es taugt einfach nichts, wenn der Liebste in der Ferne lebt«, spöttelte er. »Er will nicht schreiben, und das arme Mädchen verzehrt sich vor Kummer. Schließlich gibt man gar noch der Post die Schuld!«

Sonst war sie nach solchen Reden verschämt gegangen. Doch sie hatte viel darüber gegrübelt, wie es sein konnte, dass auch nach so langer Zeit noch kein Brief von Klaus gekommen war. Sie war sicher, dass er sie niemals einfach hätte sitzen lassen und konnte sich sonst nur eines vorstellen, was mit den Briefen passiert sein konnte ...

So blieb sie nun vor dem Schalter stehen und schaute den Mann forschend an.

»Es würde mir Leid tun, wenn die Post sich tatsächlich schuldig gemacht hätte.«

»Wie meinen Sie das? Sie werden doch wohl kaum glauben, dass die Briefe nicht befördert wurden?«

»Das nicht, aber mir kam dieser Tage der Verdacht, dass meine Briefe mir vorenthalten und in unbefugte Hände weitergegeben werden, obwohl sie postlagernd zurückzuhalten sind.«

Er war überrascht und schaute sie unsicher durch seine Brille an. »Sie wollen doch nicht sagen ...«

»Jawohl, genau das will ich. Sie haben mich die ganze Zeit angelogen und haben meine Briefe an meinen Vater ausgehändigt!«

Das war ein Schuss ins Blaue, aber offensichtlich hatte sie damit einen Volltreffer gelandet.

»Ihrem Vater, ja – aber ich meine doch, dass man da nicht von unbefugten Händen sprechen kann.«

Josefa verlor die Fassung.

Außer sich herrschte sie den Mann an: »O doch, auch mein Vater war nicht dazu befugt, das wissen Sie selbst sehr gut. Ich werde bei Ihrer vorgesetzten

Dienststelle Beschwerde einlegen. Ich bin volljährig, und kein Mensch hat ein Recht, über meine Postsachen zu verfügen und sie zu unterschlagen.«

Der Beamte war nun doch erschrocken und bekam es mit der Angst zu tun. Eine Dienstaufsichtsbeschwerde konnte für ihn ernste Folgen haben.

»Sie sind volljährig?«, fragte er.

»Gewiss. Hier!« Sie streckte ihm ihren Ausweis hin. »Ich bin achtzehn.«

»Das habe ich nicht gewusst«, stotterte er.

»Sie hätten sich erkundigen müssen! Außerdem habe ich häufig genug nach meiner Post gefragt. Warum haben Sie mir verschwiegen, dass mein Vater die Briefe geholt hat?«

»Ich bin Bediensteter der Gemeinde, und Ihr Vater ist der Bürgermeister von Kreitberg ...«, stotterte der Beamte verlegen.

Josefa begriff, dass der Mann wohl wirklich kaum eine Chance gehabt hatte, sich zu weigern, als ihr Vater mit seinem Ansinnen an ihn herangetreten war. Tat er, wie befohlen, machte er sich strafbar, konnte aber immerhin darauf hoffen, dass niemand davon erfahren würde. Widersetzte er sich aber, hatte der Bürgermeister alle Möglichkeiten, ihm durch Schikanen das Leben zur Hölle zu machen.

Plötzlich war ihr Zorn auf den Postbeamten verflogen.

»Sagen Sie mir wenigstens, wie viele Briefe für mich angekommen sind!«, bat sie den Mann in ruhigerem Ton.

»Ich hab sie nicht gezählt, aber jede Woche kam einer, manchmal sogar zwei. Seit etwa vierzehn Tagen ist aber keiner mehr eingegangen.«

Sie schaute ihn gedankenverloren an. Was musste Klaus von ihr denken, da auf keinen seiner vielen Briefe eine Antwort gekommen war!

Josefa wandte sich um, ohne den Postbeamten noch eines Blickes zu würdigen, und ging davon. Die Dämmerung brach ein, als sie die leere Dorfstraße entlang lief. Es war Stallzeit und niemand unterwegs.

Ihr Herz klopfte zum Zerspringen, teils vor Entrüstung und Zorn, teils aus Freude und Glückseligkeit. Klaus hatte sie nicht verlassen, er hatte ihr geschrieben, immer wieder geschrieben ...

Es war überraschend für Josefa, dass sie daheim gleich vom Vater in die Stube gerufen wurde, doch es kam ihr in dieser Situation sehr gelegen.

Die Bäuerin war auch da. Sie hatte sich auf das Ledersofa gelegt und schaute eine Illustrierte durch.

Markus Martiner schaute seiner Tochter fest in die Augen, sagte aber lange nichts.

»Was ist, Vater?«

»Es tut mir Leid, aber ich muss mit dir ein ernstes Wort sprechen. Deine Stiefmutter beklagt sich über dich.«

Josefa warf einen Blick nach der Frau, die ungeniert liegen blieb und nicht einmal aufschaute. Die Bäuerin vom Martinerhof, mit einer Illustrierten! Am helllichten Werktag!

»Du bist ihr gegenüber trotzig und widerspenstig«, fuhr Martiner fort. »Dein Verhalten fällt schon den Angestellten auf. So kann das natürlich nicht weitergehen. Wenn du in meiner Frau auch nicht die Mutter erkennen kannst, sie ist immerhin die Bäuerin auf dem Hof, der du Achtung und Respekt entgegenzubringen hast. Sie klagt darüber, dass sie sich noch so viel um dich bemühen kann, du schenkst ihr keine Beachtung. Sie ist für dich anscheinend Luft!«

Josefa hatte während der zornigen Rede des Vaters ein paar Mal die Farbe gewechselt. Was für eine infame Verdrehung der Tatsachen! Christine hatte sie aus der Stube entfernt und zur Haushälterin degradiert. Aber das reichte ihr anscheinend noch nicht, sie wollte sie wohl ganz aus dem Haus treiben.

Martiner betrachtete mit grimmigem Blick seine Tochter.

»Möchtest du jetzt vielleicht sagen, dass es nicht wahr ist? Ich sehe ja mit eigenen Augen, dass du uns beiden aus dem Weg gehst.«

»Ja, ich möchte dazu etwas sagen«, begann sie mit kreidebleichem Gesicht, aber mit fester Stimme.

»Schweig!«, schnitt er ihr das Wort ab. »Ich will dich heute nur darauf hinzuweisen, dass es Mittel und Wege gibt, deinen Trotz zu brechen. Noch bist du nichts! Gar nichts! Und auch zu fordern hast du nichts. Das solltest du dir merken. Und wenn du weiterhin den Frieden des Hauses gefährden solltest, dann –«

Er sprach seine Drohung nicht aus, aber sie war zu erraten.

Josefa richtete abermals den Blick auf die Frau, die in ihrer Zeitschrift blätterte, als ginge sie das alles nichts an. Um ihren rotgeschminkten Mund spielte ein spöttisches Lächeln. Josefa richtete sich auf, und ihre Augen kreuzten flammend den Blick des Vaters.

Martiner schien ihren Gegenangriff zu erwarten. Er hob den Kopf.

»Darf ich dich endlich etwas fragen, Vater?«, entgegnete sie mit kühler, fremder Stimme.

»Was gibt es da noch zu fragen?«

»Wo sind die Briefe, die für mich postlagernd angekommen sind?«

Martiner verschlug es die Stimme. Seine Augen wurden schmal. »Wie? Was willst du?«

»Meine Briefe, die du abgeholt und unterschlagen hast!«

Jetzt stand die Bäuerin vom Kanapee auf und warf die Zeitschrift aus der Hand.

»Ah, du bekommst Briefe?«, fragte sie höhnisch. »Liebesbriefe?«

Josefa gab ihr keine Antwort. Ihr Blick war auf den Vater gerichtet, auf dessen Gesicht sich mehr und mehr ein drohendes Unwetter zusammenzog.

»Und du glaubst, dass ich dir Rechenschaft dafür schuldig bin?«, fragte er.

»Ja, das glaube ich. Du hast damit deine Befugnis überschritten, Vater. Das weißt du so gut wie ich.«

Er schüttelte nur den Kopf über so viel Keckheit.

»Ich nehme an, dass es sich da um eine Liebschaft handelt, die ein rechtschaffener Vater nicht dulden kann und darf. Wenn er dir die Briefe weggenommen hat, so hat er bloß gewissenhaft gehandelt«, mischte die Frau sich wieder ein.

»Ich habe nur getan, was man in solchen Fällen überhaupt tun kann«, setzte der Bauer grollend hinzu. »Die Briefe wurden ungelesen verbrannt. Und wenn du mit deinen frechen Reden fortfährst, könnte ich mich vergessen, Josefa!«

Ohne Gruß ging Josefa aus der Stube.

Am folgenden Tag erschien sie nicht zum Frühstück und ließ sich den ganzen Vormittag lang nicht auf dem Hof blicken.

Gegen Mittag klopfte Markus Martiner energisch an ihre Tür. »Mach auf!«, befahl er mit einer Stimme, die keinen Widerstand mehr duldete.

»Lass sie doch, wenn sie meint, sie könnte dadurch ihren Kopf durchsetzen«, sagte Christine. »Wenn sie Hunger hat, wird sie schon wieder auftauchen.«

Aber Martiner hatte keine Ruhe.

Er klopfte später noch einmal an die Tür, und als wieder keine Antwort kam, drückte er auf die Klinke und fand zu seiner Verwunderung die Kammer leer. Das Bett war unberührt, überall herrschte peinliche Ordnung.

Auf dem Tisch lag ein Zettel. Martiner griff danach. Das Schreiben war an ihn gerichtet und lautete:

»In diesem Haus ist für mich kein Platz mehr, deshalb verlasse ich es heute noch. Sobald ich weiß, wo ich mich niederlassen kann, werde ich Mitteilung machen. Versuche nicht, mich mit Gewalt zurückzuholen, denn ich würde mich dagegen wehren und mein Recht auf persönliche Freiheit geltend machen. So traurig mein Abschied von daheim auch ist, ich scheide ohne Groll und will versuchen, niemandem Schuld zu geben. Ich möchte die Liebe bewahren, die mich mit dir, Vater, verband, die Liebe, an der auch meine Mutter teilhatte. Im Andenken an sie gehe ich fort und wünsche dir alles Gute. Josefa.«

Martiner trug den Brief hinab und reichte ihn wortlos seiner Frau.

Christine überflog die Zeilen und brach in Gelächter aus.

Seine Stirn legte sich in Falten. »Warum lachst du?«

»Weil das, was sie macht, das Beste ist, was man tun kann. Sie soll sich ihre Hörner ruhig abstoßen.«

»Was soll ich tun?«

Christine machte eine wegwerfende Handbewegung. »Nichts. Es ist bestimmt das Beste, was geschehen konnte, sie hat mich gehasst von Anfang an.«

Markus Martiner grollte: »Ich werde diesem Fratz ein Ultimatum stellen: Entweder fügt sie sich und kommt zurück – oder sie ist enterbt!«

»Deine Tochter ist volljährig. Soll sie ihren eigenen Weg gehen!«

»Man wird im Dorf sagen, dass es mit dem Martinerhof nicht mehr lange gut gehen kann, wenn schon die Tochter davonläuft.«

Christine verdrehte spöttisch die Augen: »Das Dorf! Immer wieder das Dorf! Was geht uns das Dorf an?«

»Ich bin Bürgermeister von Kreitberg!«

»Hoffentlich nicht mehr lange!«

»Christine!«

»Ich hasse dieses Dorf, das mir den Mann raubt! Ich will nichts hören von deinen Pflichten und Aufgaben! Wirf ihnen doch den ganzen Kram vor die Füße!«

»Nein!«, schrie er.

»Eines Tages werden sie dich ohnehin dieses Postens entheben!«

Er erschrak. »Warum sollten sie das?«

»Du hast eine Frau geheiratet, die nicht die Gabe hat, sich in die Dorfgemeinschaft von Kreitberg einzufügen. Man wird mir alles nachsagen, nur nichts Gutes. Die eigene Tochter ist bei Nacht und Nebel aus dem Haus geflohen ...«

»Ich hole sie zurück!«

»Du wirst dich nur blamieren, Markus. Wenn sie nicht freiwillig heimkehrt, zwingen kannst du sie nicht, im Gegenteil, sie kann dich wegen Freiheitsberaubung vor den Richter bringen.«

Er schaute sie verstört an.

»Offen gestanden, ich bin froh, dass sie fort ist!«, fuhr sie unbarmherzig fort. »Jetzt gehörst du mir allein, ganz allein, wie du es am Altar gelobt hast. Es ist nur noch das Dorf da, das dich mir streitig macht. Ein lächerlicher Gegner, der dir doch nur Arbeit und Ärger macht. Du wirst ihn von selbst bald abstreifen. Jedenfalls wird uns kein Mensch mehr daran hindern, dass wir dieser Tage zum Notar fahren, um Gütergemeinschaft zu machen, wie du es mir versprochen hast! Oder?«

Er schaute sie immer noch verstört an.

Markus Martiner verließ die Stube, er kehrte noch einmal in die Kammer Josefas zurück, riss den Schrank auf und fand ihn leer bis auf einige Kleider, die ihr zu klein geworden waren. Auch ihre Spielsachen, die sie aus ihrer Kindheit aufbewahrt hatte, lagen noch da.

Sein Blick suchte die Wände nach dem Bild der Mutter ab, das über ihrem Bett gehangen hatte.

Das Bild war weg. Sie hatte es mitgenommen.

Eine Weile stand Martiner unter dem Fenster und schaute auf den Hof hinab. Der Herbstwind riss das welke Laub von den Bäumen und trieb es in den windstillen Ecken zusammen. Es war ein ständiges Rauschen und Rascheln draußen. Der Winter klopfte an.

Martiner war es, als sähe er einem Totentanz zu.

# 8

Von der Scesaplana zogen sich die Schneefelder inzwischen fast bis ins Tal hinunter. Mit Stürmen und zeitweiligem Schneegestöber brach der Winter immer tiefer in die Vorarlberger Alpenwelt ein. In St. Pantal aber, das windgeschützt im engen Bergwinkel lag und seine Tore gegen die südliche Sonne offen hielt, grünten sogar noch Wiesen, während nicht weit davon entfernt bereits der Frost alles Leben in der Natur auslöschte.

St. Pantal war ein Dörfchen wie jedes andere, mit einer Kirche, um die sich die Bauerngehöfte eng zusammenscharten wie die Küken um ihre Bruthenne. Es unterschied sich von anderen Landsiedlungen höchstens durch den auffallenden weißgetünchten Rundbau, der sich auf einer Anhöhe befand.

Hier hatte Meister Timm seine Werkstätte. Von hier schickte er seine besten Mitarbeiter aus, wenn irgendwo im In- oder Ausland Kirchen oder Prunksäle in alten Schlössern oder Burgen zu restaurieren waren. Hier entstanden die Muster und Modelle für die Fresken und Stuckarbeiten, hier wurden alte, wertvolle Gemälde aufgefrischt und dem Verfall entrissen.

Meister Timm hatte sich vor dreißig Jahren in St. Pantal niedergelassen, und die Dorfbewohner hatten damals über das seltsame Haus, das er gebaut hatte, den Kopf geschüttelt. Keiner wusste, wieso er sich gerade hier niedergelassen hatte. Vielleicht wegen des milden Klimas, oder er fühlte sich von der Landschaft angezogen, die im Schatten der Scesaplana und der Silvrettagruppe von grandioser Schönheit war.

Aber niemand konnte sich über Meister Timm beklagen; er fiel keinem Menschen zur Last. Man sah ihn oft wochenlang nicht, ebenso wenig seine Mitarbeiter, die in alle Windrichtungen verstreut bei ihrer Arbeit waren. Nur im Winter blieben sie daheim und arbeiteten in der Werkstätte, die jetzt, nachdem das Laub von den Bäumen abgefallen war, vom Dorf aus zu sehen war. Im Sommer wurde das Gebäude völlig von den Bäumen verdeckt.

So konnte der biedere, weißbärtige Vorarlberger Landsmann seinen Finger heben und hinaufdeuten zu dem weißen Rundbau, als er auf der Dorfstraße von einem jungen Mädchen gefragt wurde, wo Meister Timm zu finden sei. Josefa Martiner dankte ihm und stieg den schmalen Pfad bergan zum Gebäude hin.

Es war Spätnachmittag, und die Sonne war längst hinter den Bergen versunken. Ein kühler Wind trieb schwere, schwarze Wolken herauf. Es fing zu dunkeln an. Zögernd näherte sie sich dem Haus, das die Form eines großen Pavillons hatte, mit hohen Fenstern und gemalten Ornamenten. An den Pavillon schloss sich ein lang gestreckter, kahler Bau an, mit den gleichen unförmig großen Fenstern. Das war wohl die Werkstätte.

Das Haus war von Stille umgeben, nur der Wind rauschte und raschelte in den Bäumen. Hinter den Fenstern brannte bereits das Licht.

Josefa ging zu der Tür, und als sie keine Glocke fand, trat sie ein und befand sich gleich in einem büroartigen Raum, in dem sie zunächst niemanden sah. Nach einer Weile tauchte hinter dem großen Tisch ein grauer Kopf auf, ein schmales, bärtiges Gesicht, und ein paar kluge Augen blickten ihr entgegen.

»Bitte?«

»Grüß Gott!«, sagte Josefa. »Ich wollte Herrn Klaus Eckhart sprechen. Ist er da?«

Der Mann nickte, und Josefa hätte am liebsten einen Ruf der Freude ausgestoßen. Es war eine weite Reise gewesen, die sie riskiert hatte, immer in der Furcht, Klaus könne irgendwo auswärts bei der Arbeit sein, vielleicht sogar jenseits der Landesgrenze. Aber er war da.

»Vorige Woche erst ist er von Rothbuch heimgekommen. Die Arbeiten draußen müssen nun eingestellt werden. Leider, aber man kann gegen den Winter ebenso wenig machen wie gegen den Tod. Beide kommen, ob es uns gefällt oder nicht. Sind Sie eine Schwester von Klaus?«

»Nein.«

»Eine Verwandte wohl?«

»Nein.«

Er fragte nicht weiter, und Josefa war froh, dass er keine weitere Neugierde mehr zeigte, sondern durch eine zweite Tür, die wohl in die Werkstätte führte, den Raum verließ.

»Setzen Sie sich!«, rief er ihr noch zu.

Aber sie blieb erwartungsvoll stehen. Ihr Herz klopfte zum Zerspringen.

Es dauerte nicht lange, dann ging die Tür wieder auf – und vor ihr stand Klaus, so wie sie ihn in ihrer Erinnerung behalten hatte, das markante Gesicht, das dichte Haar immer widerspenstig in die Stirn fallend, die junge, kraftvolle Gestalt, hinter der man einen Holzfäller oder Bergbauern vermuten konnte.

Heute trug er einen weißen Arbeitsmantel, der mit Farben bekleckst war.

»Josefa!«, rief er halb bestürzt, halb erfreut.

Sie schaute zur Tür, darauf wartend, dass auch Meister Timm zurückkommen würde. Aber er kam nicht. Entweder hatte er in der Werkstätte zu tun, oder er wollte nicht Zeuge dieser Begegnung sein.

»Was ist?«, fragte er unsicher.

»Ich habe dich gesucht, Klaus. Das hast du wohl nicht erwartet?«

»Offen gestanden – nein. Ich habe wochenlang einen Brief nach dem anderen an dich abgeschickt, aber nie kam eine Antwort.«

»Die Briefe wurden abgefangen und verbrannt. Von meinem Vater.«

»Josefa!«

»Ich bin lange nicht dahinter gekommen. Niemals hätte ich ihm so etwas zugetraut.«

»Und ich hab gemeint ...«

»Dass ich dir keine Antwort geben will. Nun bin ich selbst gekommen – und wenn dein Herz noch nicht aufgehört hat, für mich zu schlagen ...«

»Wie kannst du das denken!«

»Hör' mich an, Klaus: Ich habe mein Vaterhaus bei Nacht und Nebel verlassen. Mein verblendeter Vater hat sich von seiner neuen Frau gegen mich aufhetzen lassen. Dass er deine Briefe unterschlagen hat, war nur der Tropfen, der das Fass zum Überlaufen gebracht hat.« Ihre Augen wurden feucht. Ein paar Tränen sickerten hervor. »Hilf mir, Klaus!«, bat sie.

Er ergriff ihre Hände.

»Was kann ich für dich tun?«

»Was soll ich nur machen, Klaus?«

»Warte, Josefa! Hier können wir das nicht besprechen. Es ist bald Feierabend. Herr Timm hat sicher nichts dagegen, wenn ich eine halbe Stunde eher Schluss mache. Augenblick!« Er lief in die Werkstätte zurück und ließ sie eine Weile allein.

Als er zurückkam, hatte er seinen Arbeitsmantel abgelegt und dafür eine warme Jacke angezogen. »Komm!«, sagte er.

Sie verließen zusammen das Haus, und niemand schaute ihnen nach, wenigstens war nichts davon zu bemerken.

Drunten versank das fremde Dorf in der Dämmerung. Hier und dort flammten die ersten Lichter auf.

Er führte sie am Dorf vorbei und blieb auf einem Weg, der einsam und schmal an einer dunklen Waldschneise entlanglief.

»Erzähle!«, sagte er, legte seinen Arm um ihre Schulter und nahm sie fest an sich. Über ihnen rauschte der Wind durch die Bäume. Von der Scesaplana herab leuchtete der Neuschnee.

Sie berichtete ihm alle unglücklichen Szenen, die sich im Martinerhof abgespielt hatten, seitdem es dort eine neue Bäuerin gab. Sie sprach von ihrer Furcht, mit der sie sich am Abend niederlegte und am Morgen erhob. Es war längst nicht mehr nur der böse Einfluss, den diese Frau auf ihren Vater nahm, um ihn seiner Tochter zu entfremden, nein, es war auch die Furcht vor dem Erwachen, das eines Tages zwangsläufig auch für ihn kommen musste, vielleicht erst wenn es zu spät war ...

»Ist es nicht furchtbar, wenn man auf eine solche Art die Liebe des Vaters verliert?«, schloss sie mit Tränen in den Augen. »Ich bin jetzt ärmer dran als ein Waisenkind, das überhaupt keine Eltern mehr hat. Mein ganzer Besitz ist das, was ich in meinem Koffer habe.«

Er sagte nichts dazu.

»So liegen die Verhältnisse heute bei der einzigen Tochter vom Martinerhof«, fuhr sie fort. »Es gab Leute, die mich beneideten. Heute weiß ich nicht einmal, wo ich in der Nacht schlafen soll. Gestern habe ich im Römerhof an der Auffahrt zum Stülzerpass übernachtet. Der Weg zu dir war zu weit, um ihn an einem einzigen Tag zu schaffen. Wenigstens habe ich ein bisschen Geld, von dem Sparbuch, das mir mein Vater an meinem Geburtstag geschenkt hat. Davon kann ich leben, bis ich eine Arbeit gefunden habe. Meinst du nicht?«

»Gewiss«, sagte Klaus und sah sie verständnisvoll an.

»Ich bin mir vollkommen bewusst, dass mein Vater mich nun enterben wird. Das wollte ich dir sagen.«

»Nein, Josefa, du wolltest mir auch etwas anderes sagen!«, widersprach er.

»Du musst wissen, wie es mit mir steht.«

»Lassen wir die Tochter vom Martinerhof beiseite. Für mich bist du das Mädchen, das ich liebe.«

Aus dem Dunkel tauchte ein Haus auf, das nah am Weg stand.

»Hier wohne ich«, erklärte er. »Bei einer älteren Frau, einer Witwe. Ihr Mann ist Waldaufseher gewesen im Gemeindedienst. Nach seinem Tod hat er ihr das kleine Haus und eine spärliche Rente hinterlassen, die sie damit aufbessert, dass sie Zimmer vermietet. Sie ist wirklich sehr nett. Du wirst sehen, dass sie dich auch aufnimmt.«

»Glaubst du?«

»Ich werde gleich mit ihr reden.«

»Aber wo finde ich Arbeit?«

»Darüber sprechen wir später.«

Sie folgte ihm ins Haus. Zu ebener Erde hatte er ein nettes, behaglich eingerichtetes Zimmer.

»Setz dich und ruh dich inzwischen aus, Josefa. Ich werde sofort meine Hauswirtin unterrichten.«

Er verließ sie. Josefa blickte sich im Raum um und fand alles sehr hübsch. Sie wollte jetzt nicht mehr an die Zukunft denken, sondern nur an das Glück, ihren Klaus wieder gefunden zu haben. Keine List, keine Hinterhältigkeit hatte sie zu trennen vermocht. Ihre Liebe und Sehnsucht waren stärker gewesen.

Klaus hatte nicht übertrieben, die Witwe Bichler war wirklich eine sehr nette Frau. Ihr Haar war schon ergraut, aber ihre Bewegungen wirkten jugendlich flink. Freundlich bot sie Josefa die Hand.

»Meine Verlobte«, stellte Klaus das Mädchen vor, und diese beiden Worte bewirkten in Josefa ein Gefühl der Geborgenheit. Sie war am Ziel ihrer Sehnsucht angelangt. Sie war daheim ...

Die Witwe nahm sie mit sich und zeigte ihr ein ebenfalls sehr gemütlich wirkendes Zimmer, in dem sie wohnen und schlafen konnte. Ohne eine neugierige Frage zu stellen, nahm die Frau das fremde Mädchen in ihre Hausgemeinschaft auf.

Josefa fragte nach der Miete.

»Das ist schon erledigt«, sagte die Witwe. »Überlassen Sie das Ihrem Verlobten. Ich freue mich, dass Sie da sind. Ein prächtiger Mensch, dieser Herr Eckhart! Er wohnt schon bald vier Jahre bei mir. Freilich muss er den Sommer über häufig auswärts arbeiten, aber wenn er zurückkommt, ist es mir immer, als kehre ein Sohn zu mir heim. Er hat mir viel von Ihnen erzählt, und in letzter Zeit hat er sich große Sorgen um Sie gemacht und oft sein Herz bei mir ausgeschüttet. Wie bin ich froh für ihn, dass Sie gekommen sind! Wann soll denn die Hochzeit sein?«

Diese Frage stellte Josefa plötzlich vor eine Entscheidung, mit der sie sich noch gar nicht befasst hatte. Mit ihr würde sie alle Brücken zum Vater hinter sich abbrechen.

Doch hatte sie den Vater nicht schon verloren, als er Christine Wandel geheiratet hatte?

»Ich weiß es noch nicht«, antwortete sie.

Später ging sie mit Klaus ins Dorf. In einem Gasthaus nahmen sie das Abendessen ein. Sie waren die einzigen Gäste und saßen ungestört an einem Ecktisch beisammen.

Josefa kam sich vor wie in einem Traum. Die fremde Umgebung, die unwirkliche Vorstellung von einer noch völlig unsicheren Zukunft ließen sie immer noch an der Echtheit ihrer Erlebnisse zweifeln, aber dann erklang wieder die ruhige, klare Stimme Klaus Eckharts neben ihr, die seit ihrer Trennung in ihrem Gedächtnis haften geblieben war, und sie glaubte wieder, dass alles Wirklichkeit war.

Wie seltsam, er schien sich aus allen ihren Sorgen nichts zu machen, er sprach von allem Möglichen, nur nicht von den Dingen, die sie beide bewegen mussten.

»Zurzeit ist in St. Pantal nicht viel los«, sagte er. »Die Sommergäste und Urlauber sind längst weg, und die Wintersportler kommen erst, wenn der Schnee auch im Tal liegt.«

Der Wirt kam vorbei, begrüßte sie mit einem breiten Lächeln und wischte die Hände an seiner Metzgerschütze ab. »Schmeckt's?«, fragte er freundlich.

»Ausgezeichnet!«, antwortete Klaus.

Der Mann ging weiter und verschwand hinter dem Schanktisch.

Klaus erzählte weiter, nun von Meister Timm und von seinem guten Verhältnis zu ihm.

Und dann sprach er unvermittelt doch von ihren Sorgen: »Was wirst du tun, wenn dein Vater dich zurückzuholen versucht? Es dürfte ihm nicht schwer fallen, deinen Aufenthaltsort zu ermitteln.«

»Er wird mich nicht zurückholen, weil seine Frau ihn daran hindern wird.«

»Glaubst du?«

»Ich war ihr ein Dorn im Auge, von Anfang an. Sie ist scharf auf mein Erbe. Von mir aus kann sie es haben. Vielleicht sind beide schon zum Notar gegangen, um Gütergemeinschaft zu protokollieren und die Tochter gesetzlich zu enterben.«

»Und du willst das widerspruchslos hinnehmen?«

»Ja. Ich verzichte.«

»Es ist deine Heimat, Josefa!«

»Ich habe keine Heimat mehr. Meine Heimat bist du!«

Er hielt ihre Hände. »Du hast deinen Vater einmal sehr geliebt, Josefa!«

»Ich liebe ihn immer noch, aber er mich nicht mehr, seit diese Person in unser Haus gekommen ist. Er isst ja nicht einmal mehr an einem Tisch mit mir; ich muss mich bei den Mahlzeiten zu den Angestellten setzen. Sie behandelt mich wie eine Dienstbotin und erzählt ihm ständig Lügen über mich, und er glaubt sie unbesehen. Aber jetzt macht es mir nichts mehr aus. Du bist ja bei mir, Klaus.«

Als sie auf der einsamen nächtlichen Straße heimwärts gingen, zog er sie fest an sich.

»Obwohl ich ohne Nachricht von dir geblieben bin, habe ich doch keinen Augenblick an deiner Liebe gezweifelt«, begann er. »Ich habe es geahnt, dass dein Vater seine Hand im Spiel hatte. Und nun bist du bei mir! Ich werde dich beschützen, Josefa, gegen alle deine Widersacher, sogar gegen deinen eigenen Vater. Es soll dir kein Leid mehr geschehen. Es ist alles vorbereitet, dass du meine Frau werden kannst. Ich habe mit der Witwe Bichler schon darüber gesprochen. Wir können bei ihr im Haus den ersten Stock mieten, dann haben wir eine richtige Wohnung. Auch mein Verdienst ist ausreichend, um zu zweit davon zu leben. Wenn du willst, gehen wir morgen schon zum Pfarrer und auf das Standesamt. Du hast doch alle dafür notwendigen Papiere bei dir?«

Sie nickte.

»Niemand kann uns daran hindern, und niemand hier wird es tun. Dein Vater hat kein Einspruchsrecht mehr. Er wird dir natürlich mit Enterbung drohen, aber mehr kann er nicht machen. Die Entscheidung liegt bei dir allein. In ein paar Wochen können wir Mann und Frau sein.«

Sie legte ihre Arme um seinen Nacken und blickte ihm tief in die Augen. »Ich will!«, sagte sie ergriffen.

Die neue Bäuerin vom Martinerhof war mit ihrem Mercedes unterwegs. Ein heftiges Schneegestöber hatte eingesetzt, es dauerte bis in die Nacht hinein. Die Straße war bedeckt mit nassem, rutschigem Matsch. Keine Fahrspur war zu sehen; um diese Zeit und bei solchem Wetter passierte niemand mehr die einsame Straße nach Kreitberg.

Christine Martiner war in der Stadt gewesen. Sie hatte keine Eile mit der Heimkehr gehabt, denn ihr Mann ging Abend für Abend seinen Amtsgeschäften nach und kehrte erst gegen Mitternacht vom Dorf zurück. Sie hatte nicht geahnt, dass schon so viel Schnee auf den Straßen lag.

Im Licht der Scheinwerfer tanzten die dichten Flocken und klatschten gegen die Windschutzscheibe. Obwohl sie diesen Weg schon unzählige Male gefahren war und ihm eigentlich längst blind hätte finden müssen, konnte sie auf einmal nicht mehr mit Bestimmtheit sagen, ob sie sich überhaupt auf der richtigen Straße befand.

In den Kurven geriet der Wagen oft ins Rutschen, wobei er der Böschung so nahe kam, dass Christine befürchten musste, hinausgeschleudert zu werden.

Sie verminderte das Tempo und ärgerte sich, dass sie überhaupt von der Stadt weggefahren war. Wäre sie doch einfach über Nacht dort geblieben! Markus Martiner hätte sich ja denken können, dass man bei solchem Wetter nicht fahren konnte. Es wäre nicht das erste Mal gewesen, dass sie eine Nacht ausblieb. Schließlich konnte er von ihr nicht verlangen, dass sie vor Langeweile auf dem Martinerhof starb.

Abermals rutschte der Wagen der Böschung zu, sie konnte ihn gerade noch abfangen. Die Bäume auf beiden Seiten markierten die Straße, aber sie konnte die Kurven nicht sehen, bevor sie davor angelangt war, weil der Schneefall ihr die Sicht nahm. War sie überhaupt auf dem richtigen Weg? Diese Kurven waren ihr völlig unbekannt.

Wo war sie denn nur?

Sie sah dann einmal in der Ferne ein Licht aufblitzen. Es verschwand und erschien wieder. Vielleicht kam ihr ein Fahrzeug entgegen? Das würde sie dann anhalten und den Fahrer fragen, wohin denn der Weg führte.

Nur langsam kam das Licht näher. Manchmal schien es sogar, als fliehe es vor ihr. Als sie es endlich erreichte, erkannte sie erst, dass es kein Fahrzeug war, was ihr da entgegenleuchtete, sondern ein einsames Haus, das nahe der Straße stand. Aus einem Fenster drang Licht heraus. Christine war sicher, dass sich auf ihrer gewohnten Strecke nach Kreitberg nirgends ein Haus befand, das so einsam lag. Die Scheinwerfer beleuchteten eine Tafel. Die Aufschrift war kaum zu lesen, sie war vom Schnee verweht. »Gasthaus zum Feldschlösschen«, konnte sie mit einiger Mühe lesen. Kurz entschlossen steuerte sie ihren Mercedes vorsichtig in den Hof, wo schon mehrere Autos standen, die bereits sehr eingeschneit waren.

Sie stellte ihr Auto daneben, knöpfte den Pelzmantel zu, stieg aus und betrat eine überheizte und verräucherte Wirtsstube. Am Ofentisch hockte etwa ein halbes Dutzend Männer beisammen, die ihr neugierig entgegenblickten.

Aber sie beachtete sie nicht, sondern setzte sich an einen leeren Tisch, gleich neben der Tür. Nach einer Weile kam der Wirt um ihre Bestellung entgegenzunehmen.

Sie bestellte ein Glas heißen Wein.

»Bin ich hier richtig auf der Straße nach Kreitberg?«, fragte sie.

Er schüttelte bedächtig den Kopf. »Nicht direkt, aber in Flur zweigt eine Straße nach Kreitberg ab.«

»Dann habe ich mich verfahren!«, sagte Christine.

»Kein Wunder bei dem Schneegestöber.«

Der Wirt ging, um ihr das Bestellte zu bringen.

Am Ofentisch war die Unterhaltung ins Stocken gekommen. Die Gäste dort schienen sich für sie und ihre Frage interessiert zu haben. Erst nach und nach kam das Gespräch wieder in Gang.

Christine Martiner knöpfte ihre Pelzjacke auf. Flur hieß also das nächste Dorf, das sie auf dieser Straße erreichte. Dort musste sie die Abzweigung nach Kreitberg finden. Hoffentlich ließ das Schneetreiben bald nach! Hier konnte sie schließlich nicht bleiben.

Der Wirt brachte den Wein, der aus dem Glas dampfte. »Zum Wohlsein!«

»Danke!«

»Nun kommt der Winter.«

»Ja, leider!«

»Geht auch wieder vorbei«, tröstete er und ging zum Schanktisch, wo er ein leeres Fass vom Bock warf und durch eine Hintertür hinausrollte.

Von den Männern am Ofentisch hatte sich einer erhoben, breit und untersetzt von Gestalt, noch nicht alt, ein guter Dreißiger vielleicht, man sah ihm den Bauern an.

Mit langsamen Schritten kam er direkt auf sie zu, und flüchtig kam ihr dieses Gesicht bekannt vor. War er vielleicht Bauer in Kreitberg? Sie kannte die Leute ja kaum.

Der Mund des Mannes verzog sich zu einem breiten Lächeln. Es sollte freundlich wirken, ließ aber doch geheime Hintergedanken erraten.

»Die Martinerin?«, fragte er.

»Ja, die bin ich.«

»Gleich erkannt«, sagte er, und sein Mund verzog sich wieder zu einem Lächeln. »Ich bin auch ein Kreitberger.«

»Ach, was! Das hätte ich nicht erwartet. Ich muss mich beim Schneetreiben verfahren haben.«

»Ja, ein verdammtes Wetter! – Wenn's erlaubt ist?«

Er zog einen Stuhl hervor.

»Bitte schön!«

Aber er kehrte noch einmal an seinen Tisch zurück und holte seinen Krug. Dann setzte er sich zu ihr.

»Nett, dass man zehn Kilometer entfernt Ihre Bekanntschaft machen muss!«, sagte er.

»Ich komme eben wenig ins Dorf.«

»Das hab ich gemerkt.«

»Ich habe immer das Gefühl, bei den Kreitbergern nicht willkommen zu sein.«

»Da wären sie aber dumm, wenn die Bürgermeisterin bei ihnen nicht willkommen wäre. Aber dumm sind sie wirklich, die Kreitberger!« Er lachte dazu.

»Die Bürgermeisterei geht allein meinen Mann an. Er würde es gar nicht dulden, dass ich mich in diese Angelegenheiten einmische, und das will ich auch gar nicht!«

»Das glaube ich gern.«

»Wenn Sie bald nach Kreitberg heimkehren, könnten wir zusammen fahren. Ich weiß nämlich nicht, ob ich den Weg finde.«

Er lachte. »Ich bin mit meinem eigenen Auto da. Wie hätte ich auch bei diesem Wetter anders hier herkommen können? Aber ich mache Ihnen einen anderen Vorschlag: Sie fahren meinem Schlusslicht nach. Nur sollten wir besser noch warten, bis das verdammte Schneegestöber vorbei ist.«

»Ob es bald aufhört?«

»Wir wollen es hoffen!«

Sie kamen in ein munteres Gespräch, und der Mann signalisierte ihr deutlich seine Sympathie. Er ließ sich noch einmal den Krug füllen, und als der Wirt kam, sagte er:

»Bring der Bürgermeisterin auch noch ein Glas!«

Sie wollte sich dagegen wehren, aber er winkte kategorisch ab, und der Wirt warf ihr einen verwunderten Blick zu. Wie hätte er hinter einer Frau, die so aussah, die Bäuerin vom Martinerhof vermuten können!

Immer wieder stieß der Kreitberger mit ihr an, und ihre Gespräche wurde vertrauter und persönlicher. Die zweite Frau stehe eben immer im Schatten der ersten, meinte er. Und der Martiner sei nicht mehr der Jüngste und außerdem durch sein Bürgermeisteramt sehr belastet. Da könne es schon passieren, dass eine so junge Frau sich vernachlässigt fühlte ...

Sie musste darüber lachen und gestand, dass sie im Martinerhof über so viele Rechte verfügt, wie kaum eine andere Bäuerin.

Niemand rede ihr drein, wenn sie sich in den Wagen setze und losfahre. Sie sei absolut nicht auf das Wohlwollen des Dorfes angewiesen, das man ihr offensichtlich von Anfang an versagen wollte.

Es würde ihr auch nicht einfallen, sich den Gewohnheiten der Kreitberger Bauern zu unterwerfen. Auch als Bäuerin vom Martinerhof wolle sie die Frau bleiben, die sie zuvor gewesen sei. Das habe ihr Mann auch nicht verlangt, denn in diesem Punkt hätte sie sich widersetzen müssen. Man solle sie ruhig als einen exotischen Paradiesvogel betrachten, sie habe sogar ihren Spaß daran.

Diese Rede schien dem Mann zu gefallen. Sein Gesicht verzog sich wieder zu einem breiten Grinsen. Er klopfte ihr sogar mit seiner großen, fleischigen Hand auf den Arm. »Ganz recht!«, ermunterte er sie. »Aber was ist mit der Tochter Martiners? Man sieht sie nicht mehr, ist sie vielleicht nicht mehr da?«

»Der Fratz! Vielleicht hat sie sich gar eingebildet, dass sie gefragt wird, ob und wen der Vater heiraten darf. In ihrem Trotz ist sie weggelaufen, ohne zu überlegen, dass sie damit jedes Anrecht auf das Erbe verlieren kann.«

In den Augen des Mannes blitzte es auf. »Und man weiß nicht, wo sie ist?«

»Wir können es uns denken.«

»Und Martiner lässt sie einfach laufen?«

»Er hat die Wahl zwischen mir und ihr. So einfach ist das!«

Der Mann pfiff leise durch die Zähne. Er hatte verstanden. Die übrigen Gäste hatten einer nach dem anderen die Stube verlassen. Die beiden Kreitberger waren jetzt allein. Irgendwo war der Wirt noch unterwegs. Man hörte seine Schritte, das Gehen einer Tür oder ein dumpfes Poltern, wenn er hier und dort Hand anlegte.

Der Mann schaute ein paar Mal vor die Tür. »Es schneit immer noch, aber es lässt nach«, sagte er.

Sie warteten also noch und unterhielten sich weiter über die Zustände auf dem Martinerhof, die ihn sehr zu interessieren schienen.

»Vielleicht erreiche ich es noch, dass mein Mann sein Bürgermeisteramt niederlegt«, sagte Christine plötzlich. »Auf die Dauer nehme ich das nicht hin, dass er mich Abend für Abend allein sitzen lässt. Es geht ihm ja doch nur um das Ansehen, auf das er nicht verzichten kann!«

Abermals blitzten die Augen des Mannes auf.

»Wenn er das nicht will, muss er sich damit abfinden, dass ich meine eigenen Wege gehe«, fuhr sie fort. »Ich habe nicht einen Bürgermeister geheiratet, sondern einen Mann!«

Wieder klopfte er ihr mit seiner schweren Hand auf den Arm. »Ganz richtig! Findet man daheim nicht, wonach einem das Herz steht, geht man eben woanders hin«, sagte er. »Es ist bei mir genauso: Andauernd Ärger mit den Angestellten, unzufriedene Gesichter ...

zum Teufel, Martinerin, ich glaube, wir beide werden es trotzdem schaffen! Prost!

Sie hatte ihn noch nicht nach seinem Namen gefragt, er war für sie schlechthin ein Kreitberger. An seiner rechten Hand glänzte ein Ring, er war also verheiratet. Natürlich, warum sollte er nicht verheiratet sein?

Der Wirt kam jetzt zur Tür herein und stampfte den Schnee von den Stiefeln. »Jetzt hat es aufgehört«, verkündete er. »Aber es ist eine Menge Schnee heruntergekommen.«

»Wir finden schon heim«, sagte der Kreitberger. Dann ging er hinaus, ergriff einen Besen und kehrte die beiden Autos ab.

Christine schaute ihm zu. Sie kehrten noch einmal in die Stube zurück, bezahlten ihre Zeche, zogen sich an und bestiegen ihre Autos.

Er fuhr voraus, sie folgte seinen roten Schlusslichtern. Nein, sie hätte den Weg alleine ganz sicher nicht gefunden, stellte sie fest. Gut, dass sie in dem Wirtshaus diesen Kreitberger getroffen hatte.

Sie fuhren langsam, denn in jeder Kurve rutschten die Räder wegen der Schneeglätte. Als sie das Dorf Kreitberg erreichten und an der Kirche vorbeifuhren, schlug die Turmuhr die Mitternachtsstunde.

Erst am Ausgang des Dorfes hielt er an. Sie folgte seinem Beispiel. Er stieg aus seinem Wagen und kam an ihr Fenster.

»Glauben Sie, dass Sie zum Martinerhof finden? Oder soll ich mitkommen?«

»Nein, danke! Mein Mann wird sonst am Ende eifersüchtig.«

»Das sind alle älteren Männer, die eine junge Frau haben!«, grinste er.

»Besten Dank für Ihre Hilfe! Ohne Sie hätte ich heute kaum noch heimgefunden.«

»Gern geschehen. Und – wann fahren wir zusammen in die Stadt? Ich meine, wir beide?«

Sie stutzte. »Wie kommen Sie denn darauf?«

»Es könnte lustig sein. Meinen Sie nicht?«

»Ich bin jeden Mittwoch und Samstag dort.«

»Wo?«

»Im Rebstock.«

Er nickte. »Sie wissen, wer ich bin?«

»Ein Kreitberger.«

»Ich bin Hans Anwander, ein guter Freund von Markus Martiner.«

Sie war überrascht und bestürzt. »Gute Nacht!«, sagte sie plötzlich und gab Gas.

Er schaute ihrem Wagen nach, bis sich die roten Lichter an der Wegbiegung verloren. Ein boshaftes Lächeln spielte um seine Lippen.

Markus Martiner war noch auf und saß in der Stube, als sie daheim ankam. Sein Gesicht war finster.

»Du kommst spät«, tadelte er.

»Ich muss mich beim Schneetreiben verfahren haben. Nur auf Umwegen habe ich schließlich das Dorf noch gefunden.«

»Über den Winter wirst du deine Fahrten einstellen müssen.«

»Warum? Soll ich vielleicht hier herumsitzen und Socken stricken?«

»Ich dulde es nicht, dass du fast jede Nacht unterwegs bist! Es ist auch wegen der Leute!«

»Die Leute! Das Dorf! Immer wieder das Dorf! Was gehen mich die Leute an?«, spöttelte Christine und verdrehte die Augen.

»Du bist die Bäuerin vom Martinerhof und die Frau des Bürgermeisters!«

»Danke!«

»Wie?«

»Danke, hab ich gesagt!« Mit heftigen Bewegungen warf sie die Jacke ab, streifte die Schuhe von den Füßen und stellte sich dann vor den Wandspiegel, um ihr Gesicht zu betrachten und die Mütze abzunehmen, ohne dass ihre Frisur in Unordnung gebracht wurde. Ohne sich zu ihrem Mann umzudrehen, sagte sie heftig:

»Da fährt man im Schneegestöber, verwechselt die Straßen und landet in Gegenden, die man nie zuvor gesehen hat. Schließlich trifft man in höchster Not einen Menschen, der einem hilfsbereit den Weg zeigt, man freut sich, endlich daheim zu sein, und findet einen Mann in der Stube, dem nichts anderes dazu einfällt, als das Gerede der Leute! Warum wirfst du deine Bürgermeisterei nicht einfach hin, wenn du schon jeden Tag so viel Verdruss hast damit? Es sind genug andere da, die es genauso können wie du, vielleicht sogar besser. Aber ich weiß schon, es geht um das Ansehen, du willst der Erste sein im Dorf, das Oberhaupt!«

Seine Faust fiel polternd auf den Tisch. »Lass bloß diese Reden! Ich kann es nicht ertragen!«, brüllte er. »Du hast dich ganz einfach in unsere Verhältnisse zu fügen, und ich habe dir, weiß der Himmel, Freiheiten und Rechte genug eingeräumt. Aber es geht um meinen guten Ruf! Wo kommst du überhaupt her?«

»Aus der Stadt«, war die höhnische Antwort. »Ich kann nun einmal nicht ohne die Stadt sein.«

»Ich meine auf deiner Heimfahrt. Du musst doch irgendwo abgestiegen sein.«

»Natürlich. Ich musste ja nach dem Weg fragen.«

»Wo?«

»Es war ein einsames Wirtshaus. ›Feldschloss‹ nennt es sich, wenn du es kennst.«

»Und da hast du jemand getroffen?«

»Einen guten Freund von dir.«

»So?«

»Einen Kreitberger«, sagte sie und sah ihn triumphierend an.

»Wen?«

»Den Anwander.«

Eine Weile hielt ihn die Bestürzung regungslos auf dem Stuhl fest, dann aber sprang er auf, als wäre ihm die Luft abgeschnitten worden.

»Du weißt sehr gut, dass Hans Anwander mein schlimmster Gegner ist. Und trotzdem lässt du dich mit ihm ein.«

»Ich finde ihn, im Gegenteil, sehr aufmerksam und nett.«

»Wie du ihn findest, ist mir egal! Jedenfalls verbiete ich dir ein für alle Mal, dich von diesem Quertreiber aushorchen zu lassen. Frage seine Familie, seine Schwester Monika oder seine eigene Frau, sie werden dir sagen, was von diesem Anwander zu halten ist, von diesem Leuteschinder, von diesem Teufel, dem im Dorf schon so mancher auf den Leim gegangen ist.«

Sie war von dieser Darstellung wenig beeindruckt. Mit einem gleichmütigen Lachen setzte sie sich über sein Verbot hinweg. »Du sprichst wie ein eifersüchtiger Narr, dem nicht mehr zu helfen ist. Ich habe das dumme Gerede satt; man kann sich dabei den Magen verderben. Also – gute Nacht!«

Sie ging der Tür zu.

»Warte, es ist noch etwas passiert!«, hielt er sie zurück. »Von St. Pantal in Vorarlberg ist ein Aufgebot bestellt worden, das an der Kreitberger Gemeindetafel auszuhängen ist«, sagte er mit zusammengezogener Stirn.

»Und? Soll ich dir dabei helfen?«

»Es handelt sich um das Eheversprechen eines Klaus Eckhart, Kirchenmaler, mit einer Josefa Martiner, ledige Bauerntochter aus Kreitberg.«

»Ah! Das ist interessant.«

»Nicht nur das, sondern unerhört frech!«

»Hast du erwartet, dass sie zuvor deine Einwilligung einholt?«

»Ja, das habe ich erwartet, und ich hätte sie nicht gegeben.«

»Es geht dir wohl gegen den Stolz, wenn die Tochter vom Martinerhof einen Kirchenmaler heiratet?«

»Lass deinen Spott, Christine, die Sache ist viel zu ernst.«

»Und was gedenkst du dagegen tun?«

»Ich fahre nach St. Pantal.«

»Wozu?«

»Um sie zurückzuholen.«

»Oder um dich zu blamieren!«

Er schaute sie aus düsteren Augen an. »Ich werde gegen diese Heirat Einspruch erheben!«

»Dazu fehlt dir jede gesetzliche Handhabe.«

»Dann werde ich eben Gewalt anwenden! Diese Heirat muss verhindert werden.«

»Du kannst deine Tochter aus Mangel an Vertrauen enterben.«

»Das sowieso.«

»Mehr kannst du nicht tun. Soll sie sich doch mit diesem Kerl schlecht und recht durchs Leben schlagen, wenn sie ihn unbedingt heiraten will.«

»Nein!«, knirschte er. »Ich lasse es nicht zu!«

»Mein lieber Markus, hättest du damals, als wir unser Aufgebot bestellten, deine Tochter gefragt, sie hätte nie ihr Einverständnis gegeben. Das ist doch klar? Aber du hast sie nicht gefragt. Ebenso wenig fragt sie dich heute. Sie hat sich von dir getrennt. Damit hast du dich abzufinden«, stellte Christine sachlich fest. Dann fuhr sie in verändertem Ton fort: »Solltest du aber deine Tochter mit Gewalt zurückholen, werde ich zu selben Stunde das Haus verlassen, denn ich weigere mich, mit ihr zusammen unter einem Dach zu leben.«

»Und warum soll es nicht gehen, dass Stiefmutter und Stieftochter friedlich unter einem Dach hausen?«

»Haben wir es nicht versucht? Und was ist daraus geworden? Meinst du neuerdings, der ganze Ärger sei meine Schuld gewesen? Gut, dann hol deine Tochter zurück, aber ich werde dann gehen!«

»Bist du verrückt geworden?«

»O nein, das ist mein fester Entschluss.« Und spöttisch fügte sie hinzu: »Ob dein guter Ruf es wohl verkraftet, wenn ich mich von dir scheiden lasse?«

Markus Martiner war so fassungslos, dass es ihm die Sprache verschlagen hatte.

Christine warf einen Blick auf die Uhr. »Mir reicht es jetzt, es ist es höchste Zeit, ins Bett zu gehen. Also, gute Nacht!«

Sie ging davon, und er hielt sie nicht mehr zurück.

Am folgenden Tag hängte der Gemeindediener das Heiratsaufgebot von St. Pantal an der öffentlichen Bekanntmachungstafel aus. Jeder Einwohner von Kreitberg, der daran vorbeikam, konnte es lesen. Und am Abend, als die Bauern ihre Milch zur Sennerei fuhren, war es überall das Tagesgespräch, dass die Tochter des Martiner in St. Pantal einen Kirchenmaler heiraten würde.

# 9

Es gab in diesem Jahr einen überaus strengen und schneereichen Winter. Mit Mühe und Not wurden durch Schneepflüge wenigstens die Hauptverbindungswege passierbar gehalten, doch immer wieder wurden sie zugeschneit oder von den Stürmen verweht. Die Berge trugen einen dicken, gleißenden Eismantel. Eine ungeheure Stille lag über der Landschaft. Nur unter den tiefen Verwehungen hörte man noch das grollende, erstickte Gurgeln des Wildbaches, der sich nicht knebeln lassen wollte.

Markus Martiner war in diesem Winter ein recht einsamer Mann geworden. Hätte er nicht von Amts wegen ein paar Mal in der Woche drunten im Dorf zu tun gehabt, wäre er in diesen Tagen und Wochen vergessen worden, denn wer machte sich schon die Mühe, den abgelegenen Martinerhof aufzusuchen, der nun so schwer zu erreichen war? Außerdem fühlte Martiner sich einsam, weil seine Frau Christine für einige Wochen in der Stadt wohnte.

Als sie wegen des vielen Schnees nur noch unter größten Schwierigkeiten in die Stadt gelangen konnte, hatte sie dem verblüfften Markus Martiner eines Tages das Gutachten eines Psychotherapeuten aus der Stadt vorgelegt, in dem ihr eine behandlungsbedürftige Depression bescheinigt wurde, hervorgerufen durch die Isolation, die der strenge Bergwinter hervorrief. Zwei Behandlungstermine pro Woche in seiner Praxis wurden dringend angeraten. Martiner konnte ihrem Vorschlag, für die Dauer dieser Behandlung in der Stadt zu bleiben, nichts entgegensetzen, denn es wäre ihr völlig unmöglich gewesen, die Termine wahrzunehmen, wenn sie auf dem Hof geblieben wäre.

Außerdem war ihm das Zusammenleben mit Christine schon längst zur Qual geworden, sodass er heimlich aufatmete, als er sie in ihr vorübergehendes Quartier in der Stadt gebracht hatte. Die Reibereien in ihrem häuslichen Zusammenleben hatten in letzter Zeit ständig zugenommen, und es war bei jeder Meinungsverschiedenheit zu heftigen Wortwechseln gekommen. Sicher würde sich das alles wieder bessern, wenn sie in fachmännische Behandlung kam.

Christine hatte in der Stadt ein Appartement gemietet, und sie schien das Geld mit vollen Händen auszugeben. Nicht nur für ihre Behandlung, die privat bezahlt werden musste, sollte Martiner aufkommen, und dazu noch für Miete und Verpflegung. Nein, jede Woche kamen neue Rechnungen in zum Teil geradezu absurder Höhe für Kleidung, Schmuck und andere Einkäufe seiner Frau, die zu begleichen waren. Markus Martiner bezahlte, doch allmählich musste er sich fragen, wie lange er noch in der Lage sein würde, seiner Frau diesen Lebensstil zu finanzieren. Seit seiner Heirat hatte er mehr Geld ausgegeben als in den letzten drei Jahren zusammen, und seine finanziellen Reserven gingen allmählich zur Neige.

Ja, Markus Martiner war einsam. Er hatte in diesen Winterwochen viel Zeit, über alles nachzudenken. Und als am Heiligen Abend die Angestellten kamen, um an der gewohnten Feier teilzunehmen, bis man zur Mitternachtsmette ging, empfand er schmerzlich den Verlust seiner Tochter. Er sah das düstere Gesicht des alten Alexander. Schweigend saß dieser auf der langen Fensterbank, und seine Trauermiene verriet, woran er dachte: An die früheren Weihnachtsabende, als die Bäuerin noch lebte und eine muntere Tochter die Kerzen am Baum entzündete und jedem Mitarbeiter sein

Geschenk gab, sauber eingepackt in farbiges Papier mit Goldsternchen darauf ...

Er sah die roten Augen der alten Regina, und er wusste, warum sie geweint hatte, kurz bevor sie in die Stube kam. Aber er konnte ihr nicht helfen, so wenig wie sich selbst. Es gab eben keine Josefa Martiner mehr, basta.

»Trinkt!«, forderte er die Leute auf. Es gab einen gewürzten heißen Rotwein, der aus einer Schüssel auf dem Tisch dampfte und seinen Duft verbreitete. Diesen Wein gab es an jeder Weihnacht auf dem Martinerhof. Und daneben stand ein Korb mit selbst gebackenen Lebkuchen und Leckereien.

»Greift zu!«

Die jungen Angestellten ließen sich das nicht zweimal sagen. Sie tranken und knabberten, tuschelten und lachten.

Der Bauer griff in die Tasche und reichte jedem einen großen Geldschein. »Kauft euch davon, was ihr gerne haben möchtet«, sagte er. »Die Bäuerin hat immer gewusst, über welche Geschenke ihr euch freuen würdet, aber ich bin in solchen Sachen nicht so geschickt wie sie.«

Josefa erwähnte er nicht.

Später ging Markus Martiner in die Winternacht hinaus. Er wollte seine Leute allein lassen, vielleicht war es ihnen lieber so in diesem Jahr.

Durch den tiefen Schnee kamen ein paar Hirsche heran. Der Hunger trieb sie in die Nähe der Höfe. Er ging in die Scheune, kam mit einem Ballen Heu zurück, das er für das hungernde Wild auslegte. Er schaute zu, als die Tiere scheu und achtsam herankamen und nach dem Futter griffen. Der Himmel war voll Sterne. Ihr Licht flimmerte auf der Schneedecke.

Markus Martiner ging um sein Gehöft herum. Er schaute hinab ins Dorf, auf die einzelnen Lichter, die aus der Nacht schimmerten. Der Bürgermeister von Kreitberg ging einsam durch die Nacht. Er schleppte an seinem Kummer wie an einer schweren Last. Niemand sah ihn, niemand hörte ihn. Er ging noch umher, als die Glocken der umliegenden Dorfkirchen zur Christmette riefen.

Auch das neue Jahr nahm unter den Zeichen eines strengen und harten Winters seinen Anfang. Immer noch lagen Berg und Tal von ungeheuren Schneemassen verschüttet. Ein lang andauernder Frost malte dicke Eisblumen an die Fenster, sodass es trotz Sonnenscheins düster in den Stuben blieb. Von den Dachsparren herab hingen dicke Eiszapfen. Wenn die Haushälterin am Morgen die Stalltür aufschlug, fand sie manchmal einen erfrorenen Raben auf dem Mist. Es war ein grausamer Winter für Mensch und Tier.

Markus Martiner stapfte über den Weg hinab ins Dorf, wenn er in der Gemeindekanzlei zu tun oder eine Sitzung des Gemeinderats zu leiten hatte. Er ging diesen Weg auch zum Gottesdienst. Wenn er heimkam, saß er allein in der Stube und war fast dankbar, wenn der alte Alexander oder die Regina noch auftauchten und ihn irgendetwas zu fragen hatten.

Es war an einem Sonntagnachmittag, als Martiner in seiner Stube saß und einige schriftliche Arbeiten erledigte, die einer besonderen Sorgfalt bedurften, weil er durch deren Formulierung seine mittlerweile doch deutlich zerrüttete Finanzkraft zu verschleiern versuchte.

Im Frühjahr würden große Schneisen in seinen Hochwald geschlagen werden, von fremden Händen, an die er sein Holz verkaufen musste. Er verkaufte sogar unter Preis, denn er brauchte dringend Geld.

Der Viehbestand im Stall hatte sich auch schon gelichtet. Stück um Stück wurde von den Händlern weggeholt, ohne dass er einen Ersatz dafür beschaffen konnte. Denn das Geld hielt niemals lange vor.

Doch das Schlimmste war, dass im Dorf allmählich seine prekäre finanzielle Lage bekannt wurde. Was hatte er neulich gehört, als er nach der Gemeinderatssitzung noch im Wirtshaus eingekehrt war? Auch der Anwander war da gewesen, an einem anderen Tisch, umgeben von seinen Freunden. Aber man hatte seine Stimme deutlich aus allen herausgehört: »Man kann den Hof verlieren, wenn man sich eine Frau nur zum Luxus hält ...«

Ja, das hatte der Anwander gesagt, und gemeint hatte er damit ihn, den Martiner. Was er weiter gesagt hatte, war im Lachen seiner Freunde untergegangen.

Markus Martiner unterdrückte einen Fluch, aber er warf den Schreibstift auf den Tisch, dass er in einem weiten Bogen davonhüpfte und über den Boden kollerte. Auf einmal klopfte es laut an die Tür.

»Herein!«

Über die Schwelle trat ein junger Mann, sauber gekleidet, in warmer Windjacke, das Gesicht von der Kälte gerötet, eine kräftige Gestalt. Den Mann kannte er doch?

»Grüß Gott, Bürgermeister!«

»Und –?«, fragte Martiner.

»Ich bin Klaus Eckhart.«

»Weiß schon. Was gibt's?«

»Ich komme im Auftrag meiner Frau.«

»So? Ich kenne Ihre Frau nicht, junger Mann.«

»Aber Ihre Tochter kennen Sie wohl noch?«, kam es schärfer.

»Ich habe keine Tochter mehr.«

Martiner wandte sich ab und bückte sich nach seinem Stift, der am Boden lag.

»Aber sie denkt immer noch an ihren Vater, den Bauern vom Martinerhof.«

»Dann sagen Sie ihr, ich lasse dafür danken! Ich habe nichts mehr mit ihr zu schaffen. Überhaupt finde ich es unverfroren von Ihnen, einfach hier hereinzukommen, nach allem, was vorgefallen ist! Hat die Jugend von heute keinen Respekt mehr? Keinen Charakter? – Nun, Sie können Ihrer Frau sagen, dass sie enterbt ist und nichts mehr zu erwarten hat, falls es Ihnen darum gehen sollte, sich nach einer Geldquelle umzusehen!«

»Unsere Verhältnisse sind keineswegs schlecht, Herr Bürgermeister. Wir haben alles, was wir brauchen.«

»Warum kommen Sie dann zu mir? Scheren Sie sich dorthin zurück, wo Sie hergekommen sind, und lassen Sie mich in Frieden! Verstanden?«

»Ich wollte Ihnen nur sagen, dass Josefa Ihnen nichts nachträgt, was ihr auch angetan wurde.«

»Angetan?«

»Als wir am Weihnachtsabend beisammensaßen, hatte Josefa das Bild ihrer Mutter vor sich und hat viel von ihr erzählt. Und von Ihnen auch, Herr Bürgermeister. Ich weiß, wie sehr sie unter Ihrer unversöhnlichen Haltung leidet. Und deshalb bin ich hier, ohne Wissen meiner Frau. Ich will, dass sie glücklich ist, und dazu wird ihr ohne die Versöhnung mit ihrem Vater immer etwas fehlen. Sie verzichtet auf ihr Erbe, sie will, dass kein Unfrieden im Martinerhof entsteht – aber ich möchte ihr sagen können, dass sie noch einen Vater hat, und dass es ihrem Vater gut geht!«

»Ist das eine Versöhnung?«

»Es ist mein feierlicher Ernst, Martiner! Josefa ist meine Frau. Ihre Sorgen sind auch meine. Sie liebt ihren Vater, mehr als jeden anderen Menschen!«

»Schluss mit diesem Gerede! Verschwinden Sie! Oder ich müsste von meinem Hausrecht Gebrauch machen!«, rief Martiner erregt.

»Es war ein weiter Weg, Martiner, den ich gemacht habe. Josefa meint, dass ich auf einer Geschäftsreise bin. Ich habe diese Notlüge gebraucht, um ihr jede Aufregung zu ersparen. Wenn Sie mich hinauswerfen, muss ich gehen, aber es würde mir Leid tun, wenn mein Versuch, eine Aussöhnung herbeizuführen, vergeblich gewesen wäre.«

»Er war vergeblich. Wir können alle nicht mehr zurück. Meine Tochter akzeptiert meine zweite Heirat nicht – ich kann ihre Heirat nicht anerkennen. Und damit bleibt alles, wie es ist!«

»Sie stellen meinen guten Willen auf eine harte Probe, Martiner! Bin ich denn ein Schurke, dass man mir auf dem Martinerhof die Tür weisen muss? Ist die Liebe zwischen Josefa und mir ein Verbrechen?«

»Sie haben mir meine Tochter weggenommen!«

»Moment, Herr Martiner! Sie haben Ihre Tochter im eigenen Haus zur Haushälterin degradiert und zugelassen, dass Ihre zweite Frau ihr das Leben zur Hölle gemacht hat! Sie war verzweifelt, als sie zu mir gekommen ist!«

»Hinaus!«, brüllte der Bauer.

»Ich habe Sie einmal für einen ehrenhaften, aufrechten Mann gehalten. Es ist bedauerlich, dass ich mich in Ihnen so getäuscht habe!«

Martiner kam zu keiner Antwort mehr. Ehe er sich fassen konnte, fiel die Tür zu. Über das Fenster huschte der Schatten des davoneilenden Mannes.

Der Bauer ließ sich auf einen Stuhl nieder und wischte mit verzweifelter Geste das Schreibzeug vom Tisch.

Um Mariä Lichtmess tauchte in Kreitberg und in den umliegenden Dörfern gewöhnlich der Holzhändler und Sägewerksbesitzer Schmölz auf. Er kam aus dem oberen Inntal, wo er in der Nähe einer kleinen Stadt lebte. Er war ein Mann von etwa vierzig Jahren. Sein wohlgenährtes, glattrasiertes Gesicht mit listigen Augen darin, seine wetterfeste, zweckmäßige Kleidung, die es ihm erlaubte, durch Schnee und Sturm die Wälder abzustapfen, seine ungezwungene, redegewandte Art, in der er seinen Handelspartnern entgegentrat, ließen sofort einen Geschäftsmann erkennen.

Es war kein Zufall, dass der Holzhändler Schmölz auch am Martinerhof anklopfte. Markus Martiner hatte über den Winter in seinem Wald Holz geschlagen, das man aufkaufen konnte, und sie waren schon früher von Zeit zu Zeit miteinander ins Geschäft gekommen.

Heute traf er den Bürgermeister von Kreitberg in sehr unlustiger Stimmung an.

»Es tut mir Leid, Schmölz, aber ich habe diesmal bereits sehr viel von meinem Holzschlag verkauft. Mehr verträgt mein Wald nicht. Vielleicht nächstes Jahr.«

Der Händler, an solche Antworten gewöhnt, die doch nur zur besseren Preisbildung gegeben wurden, ließ sich davon nicht abschrecken. Er blieb auf seinem Stuhl sitzen und beobachtete mit flinken, listigen Augen das steinerne Gesicht des Bauern.

»Es ist doch immer so gewesen, Martiner, dass man so viel Holz verkauft, wie man braucht, um seine Außenstände zu decken. Die Bank verlangt Zinsen, aber du bist in der glücklichen Lage, auf einen schlagbaren Wald zurückgreifen zu können.«

»Das ist bereits geschehen, und meine Schulden sind bezahlt.«

»Nicht ganz, Martiner!«

Der Bauer schaute auf und begegnete dem hinterhältigen Blick des Händlers.

»Wieso – wenn du vielleicht damit meine Tochter meinst, sie ist enterbt und hat alle Ansprüche verloren.«

»Ich meine nicht deine Tochter, Martiner, aber deine Frau!«

»Was geht dich meine Frau an, Schmölz?«

»Komischer Zufall, aber ich habe sie kennen gelernt – im ›Rebstock‹ in Hoffingen. Wir saßen an einem Tisch, und wie es so geht, ein Wort gab das andere.«

»Und?«

»Nun ja, eine lebenslustige Frau, die neue Martinerin, das muss man sagen. Ich habe mich gewundert. Es dürfte die erste Bäuerin dieser Art in Kreitberg sein. Hab ich Recht? – Sie ist ganz in Ordnung, Martiner, nur fürchte ich, dass du gelegentlich übersiehst, dass eine solche Frau nicht zu knapp gehalten werden kann, ich meine an Geld. Nun ja, aber sie hat ja dasselbe Verfügungsrecht wie der Herr des Hauses und weiß sich zu helfen.«

Die Augen Martiners wurden immer größer. »Worauf willst du hinaus, Schmölz?«

Der Händler lachte begütigend. »Du weißt, wie ich bin. Wenn ich einem Menschen aushelfen kann, lasse ich mich nicht lumpen, zumal wenn ich die Verhältnisse gut genug kenne und an ihrer Verlässlichkeit nicht zweifeln kann.«

Er zog seine Brieftasche hervor, entfaltete einen Schuldschein und breitete ihn vor Martiner aus.

Es kam zu einem langen Schweigen. Martiner blickte auf die Zahlen auf dem Stück Papier, und sie begannen vor seinen Augen zu tanzen.

»Das ist Betrug!«, grollte er.

»Aber nicht doch! Ich bin Geschäftsmann und kein Betrüger, Martiner, ich muss doch schon sehr bitten! Ich habe ihr das Geld gegeben ...«

»Ohne mein Einverständnis!«

»Es ist mir nicht bekannt, dass die Bäuerin vom Martinerhof nicht geschäftsfähig ist.«

Martiner starrte immer noch den Betrag auf dem Schuldschein an, doch die Summe wurde nicht weniger. »Ich kann im Augenblick für diese Schuld nicht mehr aufkommen.«

»Man kann miteinander reden, Martiner.«

»Auf welcher Basis?«

»Durch vorläufige Übereignung des Holzbestandes zum Beispiel.«

»Ausgeschlossen!«, fuhr Martiner auf.

»Es tut mir Leid. Ich bin kein Unmensch und lass dir Zeit zum Überlegen. In einigen Tagen komme ich nochmals vorbei. Wir finden schon eine Lösung, wie sie unter alten Geschäftsfreunden tragbar ist. Jedenfalls bin ich der Letzte, der kein Verständnis zeigt. Außerdem kenne ich deinen Sinn für Ordnung, Martiner.«

»Das bleibt aber unter uns, Schmölz!«, verlangte Martiner. Das hätte ihm noch gefehlt, dass man sich im Dorf über diesen Schuldschein das Maul zerriss.

»Klar!«, versicherte Schmölz, verabschiedete sich und ging.

Der Inntaler Holzhändler war mit einem Geländeauto gekommen. Mit rasselnden Schneeketten bahnte sich der Wagen nun einen Weg hinab ins Tal, während Markus Martiner mit geballten Fäusten am Fenster stand und in die verschneite Berglandschaft schaute.

So ging es nicht mehr weiter, es musste etwas geschehen. Er musste in diesen Tagen zum Notar, um seiner Frau die Verfügungsrechte über sein Eigentum entziehen zu lassen. Und wenn er so weit gehen musste, eine öffentliche Warnung in der Zeitung zu veröffentlichen, aber er konnte ganz einfach für Christines Schulden nicht mehr aufkommen, sonst war absehbar, dass er in kurzer Zeit ruiniert sein würde. Er musste sie schnellstens aus der Stadt zurückholen, mochte ihr Psychotherapeut sagen, was er wollte.

Der Holzhändler Schmölz stieg am gleichen Tag auch noch beim Anwander ab. Auch dort erschien er mit der Miene des Geschäftsmannes. Nur dass sein Besuch im Anwanderhof länger dauerte. Er hatte mit dem Bauern eine Unterredung unter vier Augen. Alle anderen Personen wurden aus der Stube geschickt, sogar die Bäuerin.

Als die Nacht kam, saßen die beiden Männer noch immer beisammen. Erst als die letzte Arbeit im Haus und Stall getan war und die Menschen in den Feierabend gingen, rief Hans Anwander die Bäuerin und seine Schwester Monika in die Stube. Das war seltsam, denn wenn Besuch da war, gab man Monika normalerweise die Kinder und schickte sie damit in die Küche oder in die Kammer.

Heute waren die Kleinen bereits zu Bett gebracht worden, und Monika durfte mit am Tisch sitzen. Ihr wurde ein Glas hingestellt, und der Bauer selbst schenkte ihr den Wein ein. Er war heute überhaupt von einer Freundlichkeit und Aufmerksamkeit, wie sie es noch nie erlebt hatte. Er nannte sie sogar bei ihrem Namen, entgegen dem sonst mürrischen »He – du!«, womit er auch seine Arbeiter und Haushälterinnen rief. Er tat, als wäre sie der Mittelpunkt der abendlichen Runde.

Der Holzhändler Schmölz überhäufte sie mit Schmeicheleien, und wenn er erzählte, schaute er fast ausschließlich nur sie an, als spräche er allein für sie. Die schüchterne Monika fühlte sich peinlich berührt, und wenn sie ihrem Bruder einen fragenden Blick zuwarf, lachte er ihr nur aufmunternd zu, als hätte sie plötzlich sein ganzes Wohlwollen gewonnen.

Bei jedem Schluck, den der Inntaler Holzhändler aus seinem Glas nahm, stieß er mit Monika an und schaute ihr dabei so tief in die Augen, dass sie über das ganze Gesicht rot wurde.

Dann kam die Rede plötzlich auf die häuslichen Verhältnisse Martiners, man sprach von der Ehe des alternden Bauern, von der Flucht der Tochter Josefa und ihrer Heirat mit einem Kirchenmaler, von ihrer Enterbung durch den Vater.

Der Händler lachte nun über die Naivität Martiners, der wohl noch immer nicht merken wollte, dass seine Frau ihn ausnahm wie eine Weihnachtsgans. Wenn sie sich von anderen Geldgebern ebenso großzügig leihe wie von ihm, dem Händler Schmölz, dann gehöre Markus Martiner bald kein Quadratmeter Grund und keine Kuh mehr. Er selbst lege allerdings nur Wert auf den Wald, und es müsse schon mit dem Teufel zugehen, wenn er den Wald Martiners im Frühjahr nicht sein Eigen nennen könnte ...

In dieser Tonart ging das Gespräche eine Weile fort, und Monika war entsetzt über das, was sie hörte. Sie sah die Freude ihres Bruders, der den Untergang seines Gegners kaum mehr erwarten konnte und hörte, wie er mit Schmölz über alle Einzelheiten der unsauberen Machenschaften redete, mit denen Markus Martiner zu Fall gebracht werden sollte.

Hans Anwander fühlte sich bereits als Auserwählter und sprach davon, welche Aufgaben er als die vordringlichsten erachte, wenn er erst Bürgermeister von Kreitberg geworden sei.

Es war Monika unbegreiflich, dass ihr Bruder sie in diese Pläne einweihte. Ihm musste doch klar sein, dass er mit ihrem Beifall nicht rechnen konnte – nicht, dass sie sich der Illusion hingab, dass ihn das stören würde. Aber warum saß sie dann hier mit am Tisch?

Wie sie, so schwieg auch die Anwanderin zu allem und hörte ebenfalls nur verwundert zu. Man sah ihr an, dass sie gerne etwas gegen die Pläne ihres Mannes vorgebracht hätte, aber sie wagte es nicht. Seine Entscheidungen traf Anwander immer alleine, und seine

Frau wusste genau, dass er keine Einmischung duldete, auch von ihr nicht.

Man sprach dem Wein tüchtig zu. Flasche um Flasche wurde geleert. Hans Anwander wurde immer lustiger, und der Händler Schmölz strich tätschelnd über die Hand Monikas. Er fragte sie sogar, ob er ihr gefiele und ob sie das Inntal kenne. Vor drei Jahren habe er sich dort ein prächtiges Landhaus gebaut, aber allmählich empfinde er immer deutlicher das Fehlen einer Frau.

»Ein Haus ohne Frau ist wie ein Sommer ohne Sonne«, grölte er. »Gut Ding will Weile haben, und das Bessere kommt immer später. Schau, Monika, darum hab ich auf dich gewartet.«

Das konnte doch nur ein Spaß sein! Der Mann hatte zu viel getrunken, das sah man seinen Augen an.

Trotzdem war sie heilfroh, als es selbst ihrem Bruder zu spät werden wollte. Er warf ein paar Mal einen Blick nach der Uhr, machte eine letzte Runde durch das Haus, wie es seine Gewohnheit war, und setzte sich, zurückgekehrt, nicht mehr hin, sondern gab der Bäuerin noch Anweisungen für den morgigen Tag.

Der Inntaler versprach ein baldiges Wiederkommen und verabschiedete sich von allen und von der Monika besonders freundlich. Man wollte ihm ein Quartier im Haus anbieten, aber er hatte bereits im Gasthaus ein Zimmer bestellt.

Anwander ging noch mit ihm vor die Tür. Dort gab es noch eine kurze, aber lebhafte Unterredung, ehe sie sich trennten. Die Bäuerin räumte den Tisch ab und trug Geschirr und Gläser in die Küche.

Monika war auf dem Weg zu ihrer Kammer, als Hans sie noch einmal zurückrief und in die Stube beorderte.

»Ich habe mit dir zu reden«, sagte er.

»Heute noch?«, wunderte sie sich.

Er nickte und schloss die Tür hinter sich. »Falls du es nicht gemerkt haben solltest, dann sollst du es jetzt von mir erfahren«, begann er mit unterdrückter Stimme. »Der Schmölz ist an dir interessiert.«

Sie schaute ihn ganz dumm an.

»Nicht erst seit heute, schon eine ganze Weile«, fuhr er fort. »Aber wie das bei Männern so ist, die in vorgerückten Jahren stehen, sie haben nicht den Mut, eine direkte Frage zu stellen. Ein Mann aber ist selten zu alt, auch dann nicht, wenn er um eine junge Frau wirbt. Der Schmölz hat Geld! Sein Sägewerk hat seit Jahren Hochbetrieb, dazu kommt der Holzhandel, der jedes Jahr ein Vermögen abwirft. Seine Villa würde jedem Filmstar Ehre machen, jedes Zimmer ist komfortabel eingerichtet. Was ihm noch fehlt, ist eine Frau. Und du kannst von einem unverschämten Glück sagen, dass seine Neigung ausgerechnet auf dich gefallen ist.«

Monika fiel es wie Schuppen von den Augen. Also deshalb war sie heute zu der Runde hinzugezogen worden: Hans Anwander wollte sie mit dem Holzhändler Schmölz verkuppeln. Es kümmerte ihn nicht, dass er nahezu doppelt so alt war wie sie, und er fragte nicht groß danach, ob sie ihn überhaupt wollte. Der Schmölz hatte Geld und ein gutes Geschäft. Das allein zählte für ihn, und er wäre gar nicht auf die Idee gekommen, dass sie damit nicht einverstanden sein könnte.

»Wie ich dir schon sagte, es fehlt ihm am Mut«, fuhr Hans Anwander fort. »Er hat sich zunächst an mich gewandt. Aber er kommt wieder und dann will er dich einmal mitnehmen, hinüber ins Inntal, dir seinen Besitz zeigen, und ich meine, dass er dann auch die verbindliche Frage an dich richten wird. Ich habe ihm meine Zusage gegeben, und von dir erwarte ich das Gleiche.«

Sie war blass geworden, und auf ihrem Gesicht zeigte sich ein Ausdruck entschlossenen Widerstands.

Er merkte das, trotzdem fragte er: »Und? Damit hast du wohl nicht gerechnet, dass noch eine solche Partie machen wirst? Schau die Martiner Josefa an! Obwohl sie aus ihrer Schule heimgekommen ist, als hätte sie die Weisheit mit Löffeln gefressen – was hat sie heute? Einen armen Kirchenmaler! Eine Wohnung, in der man sich kaum umdrehen kann, Verzicht und Not auf der ganzen Linie! Auch von daheim hat sie nichts mehr zu erwarten, sie ist enterbt!« Er lachte auf. »Und da hat es ein paar so lächerliche Maulhelden gegeben, die behaupten wollten, ich hätte dich um deine Rechte gebracht! Dabei habe ich nur darauf geachtet, dass du nicht die gleiche Dummheit machst. In deinem Alter kann man noch nicht beurteilen, was zu einer Heirat gehört. Deshalb habe ich dich kürzer gehalten. Aber jetzt kann ich dich gehen lassen, ohne mich am Andenken unserer Eltern zu versündigen. Der Schmölz will dich schon im Frühsommer heiraten.«

»Ich weiß nicht, wann ich heirate, Hans«, sagte sie jetzt mit bebender Stimme. »Ich weiß nur, der Schmölz wird es nie sein.«

Sein Gesicht veränderte sich. »Was du nicht sagst!«, höhnte er. »Ich habe dir eben erklärt, dass der Schmölz meine Zusage hat!«

»Deine, aber nicht meine!«

»Hoffentlich hast du dann auch den Mut, mir ins Gesicht zu sagen, was dich zu dieser Weigerung veranlasst. Jedenfalls will ich nicht hoffen, dass du hinter meinem Rücken eine Liebschaft angefangen hast.«

Sie zögerte und streifte mit ihrem Blick sein Gesicht. Jetzt durfte sie kein falsches Wort sagen, sonst würde sie es büßen müssen.

»Man spricht über den Schmölz nicht gut, das weißt du so genau wie ich«, sagte sie schließlich. »Er soll schon drei Kinder haben, für die er zahlen muss, und zwar von drei verschiedenen Frauen. Ich habe gehört, eine dieser Frauen sei seine Haushälterin gewesen und er habe ihr versprochen, sie zu heiraten, sie dann aber aus dem Haus geworfen. Und mit so einem soll ich mich einlassen? Mit dem soll ich alleine zu seinem Haus fahren?«

»Ach was, das stimmt doch gar nicht! Die Leute reden viel, wenn der Tag lang ist.«

»Kann ich gehen?«, fragte Monika und wollte zur Tür.

»Moment! Wenn der Schmölz kommt und um deine Hand anhält, sagst du ja! Verstanden?«

»Ich sage nein!«

Jetzt fuhr er zornig auf. »Dann werde ich dich eben zwingen müssen! Ich habe dem Vater auf dem Totenbett versprochen, für dich zu sorgen!«

»Und wie du es getan hast! Du hast mich gehalten wie eine Dienstmagd! Lass bloß den Vater aus dem Spiel! Er hat selbst oft genug über dich geklagt, über deine Rohheit, über deinen Jähzorn! Und wenn ich deine Frau fragen würde, sie müsste das Gleiche sagen, wenn sie es wagen würde!«

»Schweig! – oder ich werfe dich heute noch aus dem Haus, aber ohne Geld, ohne Sparbuch, ohne Erbgut!«

»Du hast kein Recht, mir mein Erbgut vorzuenthalten, jetzt nicht mehr, nachdem ich volljährig bin.«

»Da täuschst du dich aber sehr! Wenn du den Schmölz heiratest, wird dir dein Erbgut auf der Stelle ausbezahlt – wenn nicht, wenn du mir diese Blamage zufügst, bekommst du keinen Pfennig von mir.«

»Dann werde ich mein Erbgut einklagen!«

Jetzt war es mit seiner Beherrschung vorbei. Er schnellte vor und schlug ihr ins Gesicht, dass ihr das Blut aus der Nase rann.

In diesem Augenblick kam die Bäuerin herein. »Um Gottes willen!«, rief sie. »Hans, was tust du?«

»Hinaus!«, brüllte er. »Alle hinaus! Ich muss euch wohl wieder einmal zeigen, wer Herr ist im Haus!«

Die Bäuerin zog sich scheu zurück. Sie ergriff Monika beim Arm und versuchte, sie mit aus der Stube zu nehmen.

Aber das Mädchen wandte sich noch einmal mit bleichem, blutendem Gesicht nach ihm um. »Dass es eine Schweinerei ist, was du zusammen mit dem Schmölz gegen den Martiner treibst, wirst du nicht auch noch leugnen? Es war sehr unvorsichtig von dir, vor anderen darüber zu sprechen!«

»Hoppla! Versuche es bloß nicht auf diese Tour! Du könntest dabei noch mehr verlieren als dein Erbgut!«, schrie er. »Ich glaub, du hast mich verstanden! Am nächsten Sonntag kommt der Schmölz. Hinaus jetzt!«

Die Bäuerin zog Monika nun mit Gewalt fort.

# 10

Verschiedene Anzeichen deuteten darauf hin, dass das Wetter bald umschlagen würde. Hinter dem Gebirgsstock stiegen zerklüftete Wolkengebilde auf, die Landschaft war plötzlich klarer zu überschauen, und die Wälder ragten schwarz hinter den ungeheuren Schneemassen hervor und rückten greifbar näher. Von den Eiszapfen, die dick von den Dachsparren herabhingen, tropfte das Wasser. Die strenge Kälte brach jäh zusammen unter dem Föhn, der sich durch diese Vorzeichen angekündigt hatte.

Der Föhn bedeutete das Ende des Winters, zumindest aber eine Unterbrechung. Und wenn man einen Blick auf den Kalender warf, durfte man fast hoffen, dass jetzt wirklich der Frühling seinen Einzug hielt. Endlich! Schon seit zwanzig und mehr Jahren hatte man keine solchen Schneemassen mehr erlebt.

Doch der so plötzliche Frühlingseinbruch war für die Menschen in den Gebirgstälern auch Anlass zur Sorge. Wenn nun die Schneeschmelze einsetzte, konnte das unter Umständen große Gefahr für die Menschen bedeuten, denn dann konnten Grundlawinen niedergehen oder die überfüllten Wildbäche aus ihren Bahnen springen, mit ihrer wilden Kraft planlos niederstürzen und ihren Weg mit Zerstörung und Verwüstung kennzeichnen.

Markus Martiner rief an diesem Abend noch den alten Alexander zu sich in die Stube.

»Das Wetter hat umgeschlagen«, sagte er. »Es liegt heuer viel Schnee, aber wir wollen hoffen, dass er langsam schmilzt. – Ich muss für ein paar Tage verreisen, Alex. Es kann sein, dass ich übermorgen abends schon wieder da bin, es kann aber auch ein paar Tage länger dauern. Werdet ihr alleine klarkommen?«

»Sicher. Wenn zu viel Wasser kommt, reißen wir ein paar Gräben auf.«

Markus Martiner nickte. Er konnte sich auf den Alten verlassen.

»Schau aufs Haus, Alex, und auf die Leute!«

»Natürlich, Bauer. Wo fährst du hin? Zur Josefa?«

Markus Martiner warf ihm einen finsteren Blick zu. »Dümmer kannst du nicht fragen, Alex? Ich habe keine Tochter mehr, falls du es noch immer nicht glauben willst!«

»Dann nix für ungut!«

»Bis dann, Alex!«

Als der Arbeiter gegangen war, wanderte Markus Martiner durch die geräumige Stube. An den Fenstern taute das Eis. Ab und zu fielen ein paar Wassertropfen auf den Stubenboden.

Durch die Bäume vor dem Haus rauschte der Föhnwind.

Der Bauer legte die geballten Fäuste auf das nasse Fensterbrett und schaute in die Dämmerung hinaus. Er vermochte seine Unruhe kaum mehr zu zähmen. Tag für Tag hatte er vergehen lassen. Worauf wartete er noch? Dass Christine von selbst heimkehrte?

Er versuchte durch einen Fluch seinem Herzen Luft zu machen, was ihm aber nicht gelang. Im Gegenteil, er steigerte sich immer noch tiefer in die Wut über diese Frau, die es offenbar nur darauf abgesehen hatte, ihn zu ruinieren. Sie kümmerte sich weder um ihn noch um den Hof. Es war ihr alles gleich! Die Leute konnten über sie denken und reden, was sie wollten.

Er hatte ihr zu viel Rechte eingeräumt, begriff er jetzt, und ihr zu viel Vertrauen geschenkt. Seit Monaten war sie nun in der Stadt, und er hatte nichts von ihr gesehen außer ihren Rechnungen.

Er ertrug das Warten nicht mehr und fragte sich, ob er nicht doch besser schon heute Abend in die Stadt fahren sollte. Er hatte sowieso schon zu viel Zeit verstreichen lassen.

Da machte er Licht, warf einen Blick auf die Uhr und begann, sich fertig zu machen. Er nahm an sich, was er an Geld und Papieren benötigte.

Gerade rief Regina draußen die Leute zum Essen. Ihre schnarrende Stimme hörte man weiß Gott wie weit. Dann war wieder tiefe Stille. Markus Martiner ließ sich auf einen Stuhl am Tisch nieder. Er konnte es plötzlich nicht mehr erwarten, bis es endlich Zeit war, sich auf den Weg zur Bahn zu machen. Noch war es eine gute Stunde zu früh.

Da wurde an die Tür geklopft.

»Was ist?«, rief er unwillig.

Zu seiner Überraschung trat die Anwander Monika in die Stube. Mit ihrem dunklen Schulter- und Kopftuch sah sie aus, als würde sie Trauer tragen. Ihr Gesicht schimmerte so weiß, als wäre kein Tropfen Blut mehr darin.

Sie sagte einen lautlosen Gruß.

»Was ist mit dir?«, fragte er verwundert.

»Ich bin daheim weggelaufen.«

»Und ausgerechnet zu mir?«

»Wo soll ich denn hingehen? Kein Mensch wird mir glauben, wie es mir daheim geht. Ich will fort!«

»Fort? Wohin denn?«

»Das ist mir gleich. Sag mir, wo die Josefa lebt, vielleicht suche ich sie auf. Sie könnte mir einen Rat geben, denn sie allein weiß, wie es im Anwanderhof zugeht!«

Markus Martiner zog finster die Stirn herab. »Da hast du dich an die falsche Adresse gewandt. So Leid es mir für dich tut – aber meine Tochter hättest du nicht erwähnen sollen. Ich habe keine Tochter mehr.«

Monika erschrak. Verstört schaute sie auf den Bauern. »Vielleicht soll ich dir raten, dass du es genauso machen sollst? Heimlich bei Nacht und Nebel das Haus verlassen, um irgendwo in der Welt einen Kerl zu heiraten? Für wen hältst du mich?«

Durch die Gestalt an der Tür ging ein Zittern. Die arme Monika sah sich um ihre letzte Hoffnung gebracht.

»Hier!«, sagte sie und deutete an ihre linke Wange, wo eine dünne, blutunterlaufene Schramme sichtbar war.

Markus Martiner nickte. »Er hat dich also geschlagen. Dagegen einschreiten kann ich leider nicht. Aber du kannst wegen Misshandlung bei der Polizei Anzeige erstatten. Ich will dir gern als Zeuge beistehen. Einen anderen Rat weiß ich nicht.«

Monika schwieg. In ihren Augen schimmerten Tränen.

»Warum hat er dich geschlagen?«, fragte der Martiner.

»Wegen dem Schmölz ...«

»Schmölz? Was ist mit dem Schmölz?«

»Ich soll ihn heiraten.«

»Du? Den Holzhändler Schmölz! Wer will das?«

»Mein Bruder.«

»Und du weigerst dich?«

»Ja. Nun will er mich zwingen. Heute soll ich mein Jawort geben, darum bin ich davongelaufen.«

Martiner sagte nichts mehr. Er dachte über die Zusammenhänge nach, und nun ging ihm ein Licht auf. Hans Anwander und der Inntaler Holzhändler steckten unter einer Decke! Hatte der Schmölz im Auftrag Anwanders seiner Frau Geld geliehen? War das alles ein Komplott mit dem Ziel, ihn zu ruinieren?

»Hör mal, Monika, man hat doch sicher auch von mir geredet?«

Das Mädchen schwieg.

»Ich weiß, du hast Angst. Ich will gar nicht wissen, was gesprochen wurde, dass du schweigst, genügt mir als Antwort.«

»Bitte, Bürgermeister, hilf mir! Ich bin zu dir gekommen, weil doch die Josefa und ich ...

»Lass das! Ich kann es nicht hören!«

»Ich wollte nur sagen, dass ich als Kind viel in eurem Haus gewesen bin.«

Martiner winkte unwillig ab. Er wollte nicht daran erinnert werden.

»Hör mir zu, Monika! Du gehst jetzt heim. Wenn dein Bruder dich fragt, wie du dich entschlossen hast, sagst du ja. Du willigst in seinen Wunsch ein.«

»Nein!«, rief sie.

»Deswegen hast du den Schmölz noch lange nicht geheiratet, aber du hast wenigstens in der Zwischenzeit gute Tage daheim. Um den Rest werde ich mich kümmern, und ich werde loslegen, dass deinem Bruder Hören und Sehen vergeht. Verlass dich darauf: Es wird nicht zu dieser Heirat kommen. Geh jetzt und tu, was ich dir gesagt habe!«

Monika zögerte ängstlich.

Martiner warf einen Blick auf die Uhr und stand rasch auf. »Es wird Zeit, ich muss den Nachtzug noch erreichen.«

»Gute Nacht«, sagte Monika kaum hörbar.

Bald nachdem sie gegangen war, verließ auch Martiner das Haus.

Die Zufuhr der lauen Föhnluft hielt an und brachte die gewaltigen Schneemassen zum Schmelzen. Täglich meldeten Tageszeitungen neue Unglücksfälle, die dadurch verursacht worden waren: Häuser wurden unter den Lawinen begraben, überall lauerte die Gefahr von Verschüttung und Überschwemmung, die reißenden Wildbäche brachen aus ihren Bahnen und nahmen mit elementarer Kraft ihren Weg herab über die Wälder, alles zerstörend, was ihren Lauf behindern wollte.

Obwohl die Bauern von Kreitberg glaubten, gegen den Ausbruch ihres Wildbachs gute Vorsorge getroffen zu haben, läutete in der dritten Nacht auch hier die Notglocke vom Turm der Kirche. Geröll und entwurzelte Bäume hatten droben hinter den Bergwäldern das Bett des Bachs verlegt, und die gestaute Flut hatte an mehreren Stellen die Schutzdämme gesprengt und war ausgebrochen.

In Kreitberg fürchtete man um die hochgelegenen Einöden, die von den Wassermassen besonders bedroht waren.

Alle Männer des Dorfes sammelten sich mitten in der Nacht, und im Schein der Laternen und mit Hilfsgeräten bewaffnet eilte man den Bedrohten zu Hilfe. Man holte das Vieh aus den Ställen und trieb es ins Tal, man versuchte zu retten, was nicht verloren gehen durfte, wenn unter der Gewalt des Wassers die Gehöfte zusammenfielen wie Kartenhäuser.

Man brachte die Frauen und Kinder in Sicherheit, denn schon ein paar Mal hatte man erlebt, dass Menschenleben zu beklagen waren, wenn der Wildbach über die Einöden kam.

Es würde geradezu als ein Verhängnis empfunden, dass in dieser Unglücksnacht von Kreitberg der Bürgermeister, Markus Martiner, unter den Helfern fehlte. Er war es sonst gewesen, der die Sicherheitsvorkehrungen traf und die Hilfsaktionen leitete. Als Oberhaupt des Dorfes hatte er sich dazu berufen gefühlt, man hatte den größten Respekt vor ihm, aber auch das nötige Vertrauen in seine Erfahrung, in seinen Mut, in seine Kraft.

Diesmal war er nicht da. Man schickte einen Boten zum Martinerhof, der die Nachricht brachte, dass der Bürgermeister verreist sei. Er kümmere sich nicht mehr um das Dorf, behaupteten einige seiner Gegner.

»Er läuft seiner Frau nach!«, grölte Hans Anwander. »Er hat andere Sorgen und fürchtet, dass sie mit dem Geld und einem Liebhaber durchgegangen ist!«

Die Antwort darauf war ein spöttisches Lachen unter den Männern. »Man heiratet als Bürgermeister und gestandener Bauer keine aus der Stadt!«

»Der Anwander soll an seine Stelle!«, forderten einige. »Wir brauchen einen Bürgermeister, auf den wir uns verlassen können!«

»Wie ihr meint!«, rief Hans Anwander und trat an die Stelle Martiners.

In Kreitberg warteten die Frauen auf die Rückkehr der Männer, die droben im Felsbett des Wildbaches die Stauung zu beseitigen versuchten, ängstlich warteten sie auf die Botschaften, die von den bedrohten Einöden einliefen.

Bis dann lautlos und fast gespenstisch das aufgescheuchte Vieh über die schneevermatschte Bergleite herabkam und die Treiber zu berichten wussten, dass beim Christlieger der Stall weggerissen worden sei. Wie es beim Allberger und beim Jakober aussähe, wisse man noch nicht.

Auch der Pfarrer von Kreitberg war in dieser Nacht unterwegs, um zur Stelle zu sein, wenn den Betroffenen Trost zugesprochen oder gar einem Sterbenden die letzte Ölung gespendet werden musste. Er wollte auf alle Fälle teilhaben an dem Unglück seines Dorfes.

Bis in die Morgenstunden hinein dauerte der Kampf der Männer gegen die entfesselte Naturgewalt des Wildbachs. Dann war endlich die verhängnisvolle Stauung beseitigt, und der Bach nahm wieder seinen vorgeschriebenen Weg. Da die Gefahr noch nicht gebannt war, so lange die Schneeschmelze in diesem Umfang anhielt, wurde beschlossen, bis auf weiteres Wachen an den besonders gefährdeten Stellen aufzustellen. Anwander teilte die Männer für diese Aufgabe ein. Erst beim Anbruch des neuen Tages ließ sich das Ausmaß der Zerstörung überblicken. In breiter Bahn zog sich die Vermurung über die Berghalden herab, ein einziges riesiges Feld von Geröll, Trümmern und Unrat. Der Einödhof des Bauern Christlieger, der in der Unglücksbahn der stürzenden Flut gelegen hatte, war völlig verwüstet worden. Menschenleben waren gottlob nicht zu beklagen.

Hans Anwander nutzte die Gunst der Stunde. Jedem sagte er, das Unglück hätte verhütet werden können, wenn man seinem Rat gefolgt wäre und den Wildbach endlich sachkundig verbaut hätte. Der angerichtete Schaden sei beträchtlich höher als die Unkosten für diese Verbauung. Jahr für Jahr habe man vor der gleichen Gefahr zu bangen, nur weil Markus Martiner nicht einsehen wolle, was gut für das Dorf sei. Man müsse ihn zur Verantwortung ziehen. Er, Hans Anwander, werde es auf alle Fälle tun, weil ihm am Wohlergehen des Dorfes etwas liege, während der Martiner mit dem Saustall im eigenen Haus, in den ihn seine Frau gebracht habe, nicht mehr fertig würde. Ein solcher Bürgermeister sei eine Schande für das Dorf. Und so ging es immer weiter.

Als Markus Martiner wieder heimkehrte, begegnete er offener Feindseligkeit. Niemand sprach ihn an, niemand grüßte ihn. Zunächst glaubte er, dass dieses Verhalten der Frau gelte, die schweigend neben ihm ging, bis er über die Ereignisse aufgeklärt wurde.

Martiner war drei Tage lang in der Stadt herumgeirrt, bis er seine Frau endlich gefunden hatte, in einer Kneipe, umgeben von zweifelhaften Gestalten. Als sie ihn in der Tür stehen sah, wich das Blut aus ihrem Gesicht. Er brauchte nur mit der Hand zu winken, dann folgte sie ihm auf die nächtliche Straße.

»Ist das deine psychotherapeutische Behandlung?«, hörte er sich sagen, worauf sie einen entrüsteten Schrei ausstieß. Martiner betrachtete sie kalt. Er hatte den Psychotherapeuten aufsuchen wollen, bei dem sie angeblich in Behandlung war. Doch die angegebene Adresse war ein gewöhnliches Mietshaus gewesen, keine Praxis weit und breit. Vermutlich war das Konto, auf das er regelmäßig Geld eingezahlt hatte, von Christine selbst eröffnet worden. In dem Haus, wo sie ihr Appartement hatte, war er mit einer Nachbarin ins Gespräch gekommen, die sich bitter über den ständigen nächtlichen Lärm aus Christines Wohnung beklagt hatte und die abfällige Bemerkungen über die vielen Männer gemacht hatte, die bei ihr aus und ein gingen.

»Du kannst bleiben, wo du bist«, fuhr er fort. »Auf dem Martinerhof ist kein Platz mehr für dich!«

Darauf ließ er sie stehen und ging weiter. Er wanderte die ganze Nacht durch die Straßen der Stadt. Föhnwind und Regen schlugen ihm entgegen. Von den Dächern stürzte das Wasser, Schneemassen platschten auf die Erde. Am nächsten Tag stand er vor dem Notar, brachte sein Anliegen vor, hörte die Ratschläge. Dann ging er zum Bahnhof und wartete auf seinen Zug. Als er durch die Sperre ging, stand sie vor ihm. Er ging an ihr vorbei, aber sie folgte ihm und setzte sich im Zug neben ihn.

»Du nimmst doch nicht an, dass du das alles wieder in Ordnung bringen kannst? Ich habe zu viel über dich erfahren in den letzten Tagen.«

»Ich habe einige Dinge zu holen, die mir schon gehörten, ehe ich nach Kreitberg kam«, war die Antwort.

Mehr wurde nicht gesprochen. Glaubte sie, ihn umstimmen zu können? Dazu hätte sie alles ungeschehen machen müssen. Auf dem Hof angekommen, begann Christine, kaum dass sie die Stube betreten hatten: »Ich möchte dir erklären ...«

»Was denn? Welche Lügen hast du dir ausgedacht? Ich verzichte darauf!«

»Es waren doch nur ein paar Freunde von früher.«

»Man kann dir nichts glauben, weil jedes deiner Worte gelogen ist. Aber eines wüsste ich gern.«

»Was willst du wissen? Ich verspreche dir, die Wahrheit zu sagen.«

»Wie oft hast du dich mit dem Anwander getroffen, zusammen mit dem Holzhändler Schmölz?«

»Nur ein paar Mal.«

»Und immer ganz zufällig!«, höhnte er.

Sie sagte nichts, weil sie erkannte, dass er über alles unterrichtet war.

»Deinetwegen habe ich meine Tochter verjagt! Wegen einer Betrügerin, die nur auf mein Geld aus war! Du hast mich ruiniert!«

Sie sagte nichts mehr. Sie drehte sich wortlos um und ging zur Tür hinaus.

Martiner blieb schweigend zurück und starrte aus dem Fenster.

Dann wurde geklopft, länger und lauter.

Er musste sich erst fassen. »Herein!«

Es war Hans Anwander.

»Ich habe dir etwas zu bestellen, Martiner«, sagte der junge Bauer mit hämischem Grinsen.

»Privat?«

»Haben wir uns privat etwas zu sagen, Martiner?«

»Dann bin ich immer noch der Bürgermeister von Kreitberg, Anwander. Auch für dich!«

»Dem Christlieger hat es durch die Überschwemmung das Haus weggerissen. Menschen und Vieh sind im Dorf untergebracht. Dreihundert Hektar Bergwiesen sind vermurt.«

Martiner maß seinen Gegner mit finsterem Blick. »Worauf willst du hinaus, Anwander? Bin ich Schuld daran, dass wir einen solchen Winter hatten, wie es seit zwanzig Jahren nicht mehr vorgekommen ist?«

»Der Gemeinderat und die Bauernschaft hat für den Sonntagnachmittag eine Versammlung einberufen. Das habe ich dir zu bestellen. Vielleicht hast du den Mut, dich für dein Versäumnis zu verantworten. Es geht nicht allein nur um den Schaden, verschiedenen Leuten liegt auch das Ansehen des Dorfes sehr am Herzen. Wie ich das meine, brauche ich wohl kaum zu erläutern. Jedenfalls wird eine Resolution an die vorgesetzten Dienststellen abgefasst werden. Man ist nicht mehr zufrieden mit dem Bürgermeister von Kreitberg und glaubt, dass er mit den Sorgen im eigenen Haus so beschäftigt ist, dass er sich nicht auch noch um das Dorf kümmern kann. Solltest du aber von dir aus auf das Bürgermeisteramt verzichten, wird dir das kaum jemand verübeln.«

»Das könnte dir so passen, Anwander, dass ich dir kampflos mein Amt überlasse! Aber es ist mir nicht bewusst, dass ich mein Amt als Bürgermeister vernachlässigt hätte. Ebenso wenig lässt sich der Wildbachschaden mir in die Schuhe schieben. Man hat sich an den Mehrheitsbeschluss des Gemeinderates gehalten. Es tut mir Leid, dass es so gekommen ist, und wir werden die Mittel aufbringen, um den Geschädigten den Verlust zu ersetzen.«

»Du willst also doch kommen? Obwohl deine Sache von vornherein verloren ist?«

»Das lasse ich mir von anderen sagen, nicht von dir, Anwander. Und wenn das Dorf mich nicht mehr als Bürgermeister haben will, wirst jedenfalls du ganz sicher nicht mein Nachfolger werden, das kann ich dir versprechen. Deshalb komme ich zur Versammlung. Es wird meine letzte Aufgabe sein, das Dorf vor diesem Unglück zu bewahren.«

»Das werden wir ja sehen!«

Ohne Gruß ging Hans Anwander davon.

Martiner merkte gleich, dass die Stimmung der Kreitberger Bauern gegen ihn gerichtet war, als er den Saal betrat und sich an seinen Platz begab. Niemand begrüßte ihn, niemand bot ihm die Hand.

Irgendwo wurde sogar eine Stimme laut, die fragte, ob er seine Frau eingesperrt habe, damit sie nicht inzwischen ihren Liebhabern nachlaufen kann. Es gab etliche Lacher, die den Schreihals unterstützten, die Mehrheit aber schwieg.

Die Versammlung leitete der Anwander, er war auch der erste Redner und gab gleich deutlich genug zu verstehen, zu welchem Zweck man hier zusammengekommen war: Markus Martiner sollte öffentlich zum Rücktritt von seinem Bürgermeisteramt aufgefordert werden.

Zur Begründung brachte er zum einen die längst abgedroschenen Argumente mit den Problemen im eigenen Haus vor, durch die Martiner daran gehindert werde, sich in ausreichendem Maße um die Belange des Dorfes zu kümmern. Besonderen Nachdruck legte er aber auf die Katastrophe der Wildbach-Überflutung, die sich, wie er sagte, hätte vermeiden lassen, wenn nicht das Dorfoberhaupt zu solcher Unfähigkeit herabgesunken wäre.

Aber Martiner vermochte sich zu verteidigen. Er rief die Versammlung auf, ihm auch nur einen einzigen Punkt nachzuweisen, bei dem er als Bürgermeister in seinem Amt versagte habe. Er führte die einzelnen Verbesserungen der letzten Jahre auf, die alle durch sein Betreiben zur Ausführung gekommen waren: die

Flurbereinigung, die Erweiterung des Friedhofes, der Schulhausneubau und noch vieles andere mehr.

»Mit einem solchen Unglück durch den Wildbach hat niemand gerechnet und auch nicht rechnen können, weshalb ich den Vorwurf Anwanders zurückweisen muss. Wir haben im Herbst bei der Instandsetzung der Dämme gute Arbeit geleistet, davon konnte sich jeder überzeugen, der an unserer Gemeinschaftsarbeit beteiligt war. Wir haben alle daran mitgearbeitet, mit einer Ausnahme: Hans Anwander.«

Es gab vereinzeltes Gemurmel unter den Zuhörern, denn daran konnte sich nun wirklich noch jeder der Anwesender erinnern, dass Anwander sich an der Arbeit am Wildbach überhaupt nicht beteiligt hatte.

Martiner fuhr fort: »Gestern war ich am Wildbach und habe mir die Stellen angesehen, an denen das Wasser durchgebrochen ist. Es gibt keine vernünftige Erklärung dafür, dass unser Damm nicht gehalten hat. Ich bin im Gegenteil versucht, die Ausbruchstelle des Wildbaches amtlich untersuchen zu lassen, denn ich werde den Verdacht nicht los, dass es hier nicht mit rechten Dingen zugegangen ist ...«

Weiter konnte er nicht mehr reden, denn im Saal erhob sich erregtes Stimmengewirr.

»Meinst du etwa mich?«, brüllte Hans Anwander.

»Ich habe keinen Namen genannt, Anwander. Fühlst du dich am Ende angesprochen? Jedenfalls halte ich an dem Verdacht fest, dass als Ursache für das Unglück ein Anschlag nicht ausgeschlossen werden kann!«

Abermals ging das Geschrei los. Hans Anwander bekam einen feuerroten Kopf vor Zorn. Mit überschnappender Stimme warf er seinem Gegner vor, dass er seine eigene Tochter aus dem Haus gejagt und enterbt habe, nur um seiner Auserwählten einen Gefallen zu tun, einem billigen Flittchen, von dem er sich habe bis aufs Hemd ausziehen lassen. Martiner sei doch so gut wie ruiniert, den Wald habe er eingebüßt, und man könne darauf warten, dass auch der Hof bald denselben Weg gehe. Martiner stand da mit versteinertem Gesicht. Er glich einem gereizten Bullen, der jeden Augenblick zustoßen konnte.

»Ich wollte die Sache mit dir persönlich austragen, Anwander, weil sie nur uns beide allein angeht«, sagte er jetzt mit veränderter, dumpfer Stimme, die wie bedrohliches Unheil aus seiner Kehle stieg. »Aber offenbar bleibt mir nichts anderes übrig, als gleichfalls vor aller Öffentlichkeit dein Doppelspiel aufzudecken.« Und mit erhobener Stimme fuhr er fort: »Ich frage dich, Anwander, aus welchem Grund hast du dich in den letzten Wochen immer wieder in der Stadt mit meiner Frau getroffen? Das lässt sich nachweisen, streite es also bloß nicht ab! Und welche Rolle hat dabei der Inntaler Holzhändler Schmölz gespielt, mit dem du als Belohnung für seine Mithilfe deine Schwester Monika verkuppeln willst? Du behauptest, ich sei ruiniert, und vielleicht stimmt das sogar. Aber du selbst bist es auch, der mit übelsten Methoden versucht hat, diesen Ruin herbeizuführen, und du hast dich dabei der Mithilfe jener Person bedient, die du gerade eben als billiges Flittchen bezeichnet hast. Diese Dinge gehören vor ein Gericht, und sie werden dort auch zur Verhandlung kommen. Verlass dich darauf!«

Nun war es totenstill im Saal. Die Menschen hielten den Atem an. Hans Anwander sah sich plötzlich in die Enge getrieben, aus der es kein Entrinnen mehr gab. Plötzlich lachte er laut und höhnisch auf. »Wenn du dir von deiner Frau diesen Blödsinn mit der gleichen Dummheit hast aufschwätzen lassen wie damals das Märchen von ihrer Depression, die in der Stadt behandelt werden müsse, dann kann man dich bloß bedauern, Martiner!«, schrie er triumphierend über den großartigen Einfall, der ihm jetzt gekommen war. »Es hat dir wohl nicht genügt, dass sie dich mit dieser Lüge hereingelegt hat, du gehst ihr noch weiter auf den Leim, bis man auf dem Martinerhof die letzte Kuh aus dem Stall versteigert hat. Du bist ein alter, bedauernswerter Narr, Martiner, und deine Frau ist eine stadtbekannte Hochstaplerin! Jetzt wehre dich, wenn du noch kannst! Ist aber noch ein Funken Ehrlichkeit in dir, dann ziehe die Konsequenzen!«

Abermals trat atemlose Stille ein.

Martiner war kreidebleich geworden. Niemand ergriff Partei für ihn.

»Bis zur Klärung der Sachlage lege ich mein Amt nieder«, sagte er dann mit fester Stimme, griff nach seinem Hut und ging. Ehe er die Tür erreichte, kam er beim Anwander vorbei. Er blieb vor ihm stehen und schaute ihn mit durchbohrenden Blicken an. Aber er schwieg.

»Das Beste, was du tun kannst, Martiner!«, höhnte Hans Anwander.

»Du bist doch der größte Schuft, den die Sonne je beschienen hat! Es kann einem nur Leid tun um das Dorf, sollte man dich wirklich an die Spitze stellen!«

»Danke für deine gute Meinung, Martiner. Aber kümmere dich lieber um deine Frau und schau zu, dass sie nicht wieder Depressionen bekommt!«

Das war zu viel, zumal die Rede von einem aufreizenden Lachen begleitet wurde. Martiner stürzte sich plötzlich auf seinen Widersacher, zerrte ihn mit einer Kraft aus der Menge, die man Martiner gar nicht zugetraut hätte, würgte ihn und schlug auf ihn ein. Und plötzlich stieß er ihn heftig von sich, Anwander taumelte, konnte das Gleichgewicht nicht mehr halten und stürzte gegen eine Tischkante, verdrehte die Augen und ging zu Boden. Es gab ein hässliches Geräusch, als sein Kopf auf dem Steinboden aufschlug.

Markus Martiner drehte sich wortlos um und ging hinaus. Er war verschwunden, noch ehe die versammelten Kreitberger sich aus ihrer Erstarrung lösten. Hans Anwander war immer noch bewusstlos, als der Arzt kam, erste Hilfe leistete und eine sofortige Einweisung des Verletzten in ein Krankenhaus veranlasste.

Der wachhabende Beamte der Polizeistation im Nachbardorf wollte seinen Augen und Ohren nicht trauen, als der Bürgermeister von Kreitberg, mit dem er so oft schon dienstlich zu tun gehabt hatte und den er als einen ruhigen, besonnenen Mann schätzte, die Polizeiwache betrat und zu ihm sagte: »Verhaften Sie mich! Ich habe einen Menschen umgebracht ...«

# 11

Auch in den Vorarlberger Alpen sah man das Ende eines langen und strengen Winters herannahen, auch hier warf der Föhn die Schneelast von den Dächern der Häuser und vom Geäst der Bäume, auch hier sammelte sich das Wasser in überschäumenden Bächen und in den Niederungen.

Josefa stand am Fenster ihrer kleinen Stube und schaute auf den Weg hinab, auf dem ihr Mann Klaus Eckhart von der Arbeit heimkehren würde. Wenn sie ihn sah, öffnete sie immer das Fenster und winkte ihm freudig zu, worauf er in gleicher Weise zur Begrüßung seinen Hut schwenkte.

Sie führten eine glückliche Ehe und waren verliebt wie am ersten Tag. Es würde nur noch wenige Wochen dauern, dann musste Klaus wieder zu auswärtigen Renovierungsarbeiten fort. Dann war sie allein. Aber er würde oft über das Wochenende heimkommen, oder wenn das Geld für die Reise ausreichte, wollte sie ihn besuchen. So hatten sie es geplant.

Groß war die Umstellung gewesen, aber sie hatte sich rasch an die veränderten Verhältnisse gewöhnt: Die Wohnung, die klein und eng war verglichen mit dem Zuhause, das sie zuvor gehabt hatte, das Wirtschaften mit beschränkten Mitteln. Aber sie war glücklich gewesen, mit Klaus zusammen sein zu können. Oft waren die beiden ausgelassen wie übermütige Kinder, und die Hauswirtin hatte ihre helle Freude an diesem jungen Paar, das so viel Leben in ihr Haus gebracht hatte. Nur der Groll des Vaters lag Josefa immer noch schwer auf dem Herzen. Sie hatte ihm ein paar Mal geschrieben, ohne aber eine Antwort zu bekommen.

An diesem Abend nun geschah es, dass Klaus, als sie ihm zuwinkte, nicht mit gleicher Freude ihren Gruß erwiderte. Sie hatte sofort das Gefühl, dass etwas geschehen sein musste, worüber er sich Sorgen machte.

»Was ist?«, fragte sie auch gleich, als er in die Stube trat. »Ist etwas passiert?«

»Ja, etwas Furchtbares.«

Sein Ernst beunruhigte sie. »Im Geschäft?«

»Nein. Mit deinem Vater.«

Sie erschrak.

»Was ist mit dem Vater?«

»Meister Timm hat es heute in der Zeitung gelesen und mich gleich zu sich gerufen. Hier, lies selbst.« Er legte die Zeitung auf den Tisch.

Sie griff danach und ließ sich den Bericht zeigen, in dem der verhängnisvolle Vorgang von Kreitberg geschildert wurde. Hastig überflog sie die Zeilen, und sie wurde kreidebleich, als sie begriffen hatte, was passiert war.

»Um Gottes willen!«, flüsterte sie, nachdem sie den Artikel ganz gelesen hatte. »Der Anwander! Er war schon immer sein Feind, aber dass der Vater sich so hat vergessen können!«

»Er muss laut dem Artikel vom Anwander böse provoziert worden sein. Dein Vater hat sich selbst der Polizei gestellt, nachdem ihm seine Tat zum Bewusstsein kam.«

»Aber lies doch, Klaus! ... am Überleben des Bauern Hans Anwander wird gezweifelt. Furchtbar! – Ich muss zum Vater, Klaus!«

»Er hat eine Frau, Josefa. Sie wird dich womöglich gar nicht zu ihm lassen.«

»Sie wird mich nicht hindern können!«

»Und wenn er dich nicht sehen will?«, gab er zu Bedenken.

»Ich muss es versuchen! Ich möchte zumindest mit seinem Anwalt sprechen. Er wird doch einen Verteidiger haben?«

»Gewiss hat er den. Den hat jeder.«

»Bitte, Klaus, lass mich zum Vater fahren!«

»Wenn du meinst.«

Die Anklage lautete auf schwere Körperverletzung. Der Würgegriff selbst war nicht lebensgefährlich gewesen, aber Anwander war von dem rasenden Martiner mit solcher Wucht rücklings gegen die Tischkante geschleudert worden, dass eine Nierenblutung eingetreten war. Hans Anwander lag nach Tagen immer noch in hoffnungslosem Zustand. Freilich, er war von gesunder, widerstandsfähiger Natur und in den besten Jahren, aber wenn die Blutungen nicht aufhörten ...

In Kreitberg war der Gemeinderat zusammengetreten. Für die beiden abwesenden Vertreter rückten die Ersatzmänner nach.

Der Älteste, ein ruhiger, besonnener Bauer, wurde mit der bürgermeisterlichen Amtsführung betraut.

Die Bäuerin vom Anwanderhof ging schweigend ihren Verpflichtungen nach. Es musste eben auch ohne den Bauern weitergehen auf dem Hof. Täglich fuhr sie zum Krankenhaus, um nach ihrem todkranken Mann zu schauen. Und schweigend stand ihr die Monika zur Seite. Es war nun still geworden im Haus.

Still war es auch auf dem Martinerhof. Der treue Alexander war sich seiner Aufgabe bewusst, und die alte Regina schuftete zusammen mit ihm, als ginge es um ihr eigenes Hab und Gut.

Schon in den ersten Tagen, nachdem es zu diesem unseligen Vorgang gekommen war, der das ganze Dorf in helle Aufregung versetzt hatte, erschien auf dem

Martinerhof ein Herr, dem man gleich eine städtische Herkunft und amtliche Befugnis ansah. Er hatte eine lange Unterredung mit der Bäuerin, die so ruhig verlief, dass nicht einmal die im Lauschen geübte alte Regina ein verständliches Wort durch die Tür hörte, so sehr sie sich auch anstrengte.

Niemand wusste, dass der Fremde, den man für einen Kriminalbeamten gehalten hatte, der Notar war, der Christine die Verfügungen des Bauern Markus Martiner zu eröffnen hatte. Man ahnte es auch dann nicht, als die Bäuerin vom Martinerhof ihr ganzes persönliches Eigentums mitnahm und über Nacht aus dem Haus verschwand und nicht mehr gesehen wurde.

Als den beiden alten Angestellten langsam die Erkenntnis kam, schauten sie sich mit großen Augen an.

»In Gottes Namen«, sagte Alexander. »Der Bauer wird wiederkommen – er muss wiederkommen!«

Und die alte Haushälterin dachte gleich noch ein Stück weiter.

»Die Josefa ist ja auch noch da!«, sagte sie. »Ob sie es weiß?«

»Man muss es ihr mitteilen. Weißt du ihre Adresse?«

Sie nickte.

»Ihren neuen Namen?«

»Auch.«

Nach Feierabend saßen die beiden Alten am Tisch im schlecht beleuchteten Flur und verfassten einen Brief an Josefa, der einem Hilferuf gleichkam. Schreiben musste Regina, sie konnte es besser und fehlerfreier. Sie besaß auch eine Brille für ihre alten Augen. Alexander diktierte.

Der Brief der beiden treuen alten Angestellten erreichte Josefa nicht mehr daheim, denn sie war bereits unterwegs. Er wurde aber von Klaus Eckhart gelesen und ein wehmütiges Lächeln trat auf sein Gesicht.

Wie sehr mussten die beiden Alten die Tochter des Hauses lieben!

Er sah sich plötzlich einem ganz neuen Problem gegenübergestellt: Was sollte mit dem Martinerhof geschehen, falls der Bauer ins Gefängnis musste? Aber erst musste der Prozess durchgestanden werden, und danach musste er erst hören, was Josefa dazu sagte.

Josefa saß dem Rechtsanwalt gegenüber, der ihrem Vater als Strafverteidiger zur Seite stand.

Durch die hohen Fenster drangen die Strahlen der Frühlingssonne in den schmucklosen, nüchternen Raum. Sie schilderte ihren Vater in seiner Güte und Liebe, bevor er an jene unselige Frau geraten war, die ihn in einen unwirschen, rastlosen Menschen verwandelt hatte, sie sprach über sein Zerwürfnis mit dem Anwander, das ihrer Meinung nach seinen Ursprung in dem maßlosen Neid Anwanders gehabt hatte, der nicht ertragen konnte, dass er bei der letzten Bürgermeisterwahl gegen ihren Vater verloren hatte. Er habe ihn seitdem nur noch mit seinem Hass verfolgt. Sie schilderte wahrheitsgetreu die Erlebnisse, die sie selbst mit ihm gehabt hatte.

Auch am nächsten Tag und am übernächsten wurde Josefa von dem Rechtsanwalt befragt.

Mit ihrem Vater hatte sie noch nicht gesprochen, da er jeden Besuch von ihr im Untersuchungsgefängnis ablehnte.

Einmal musste sie vor der Tür des Anwalts warten, weil gerade jemand anders zur Unterredung im Zimmer war.

Wie überrascht war sie, als die Tür aufging und Monika herauskam. Sie war bleich, und ihre Augen lagen tief in den Höhlen. War sie krank?

»Moni! – Du erkennst mich nicht?«

»Ach Josefa! Grüß Gott!«

Sie gaben sich die Hände und schauten sich an.

»Ich wollte dich suchen, Josefa, damit du mir hilfst. Hätte ich's doch getan, dann wäre mir vieles erspart geblieben!«

»Aber was hast du mit dieser Geschichte zu tun, Moni?«

»Viel – du ahnst ja gar nicht, wie viel. Und ich werde vor Gericht darüber aussagen, das bin ich deinem Vater schuldig.«

»Ich verstehe dich nicht, Monika!«

»Nein, natürlich nicht. Aber glaube mir, dein Vater hat sich längst nicht so schuldig gemacht wie mein Bruder, Josefa.«

»Wie geht es deinem Bruder?«

»Die Ärzte sagen, dass er sterben wird.«

Josefa wurde blass.

Der Anwalt erschien unter der Tür. »Darf ich bitten, Frau Eckhart?«

Die Freundinnen schüttelten sich rasch die Hände, und Josefa folgte dem Mann in das Zimmer.

Die Voruntersuchung war bald abgeschlossen. Der Angeklagte stand zu seiner Tat, er beschönigte nichts und leugnete nichts. Er bereute, dass er sich dazu hatte hinreißen lassen. Die Verhandlung konnte beginnen.

Es war nicht nur bloße Neugier, die so viele Bewohner von Kreitberg in den Gerichtssaal lockte. Freilich, bei einigen steckte schon Sensationsgier dahinter, aber die meisten nahmen wirklich Anteil an diesem Unglück ihres Bürgermeisters, dem sie nun zugestanden, dass er immer das Beste gewollt hat. Wie hatte es nur so weit kommen können?

Die Anklage lautete auf schwere Körperverletzung. Sie wurde vom Staatsanwalt in schonungsloser Form vertreten. Er sprach von einer menschenunwürdigen Rohheit, die ihresgleichen suchte ...

Als der Verteidiger zu Wort kam, bemühte er sich hervorzuheben, in welch ungeheuerlicher Weise Martiner von Anwander provoziert worden war, und dass die Tat eine Affekthandlung gewesen war. Der Angeklagte sei sich überhaupt nicht bewusst gewesen, was er getan hatte. Erst Minuten später sei es ihm klar geworden, weshalb er sich unverzüglich auf der Polizeistation eingefunden und Selbstanzeige erstattet habe.

Markus Martiner saß auf der Anklagebank, den Blicken der Menschen ausgesetzt, von den Bauern aus Kreitberg beobachtet, von Freund und Feind gesehen. Bei jeder Frage, die an ihn gerichtet wurde, erhob er sich und gab klare, sachliche Anworten. Er gewann dadurch von vornherein die Sympathie der Richter und Zuhörer.

Freilich, Hans Anwander konnte nicht Stellung nehmen, aber dafür wurde er vom Staatsanwalt und einer Reihe von Belastungszeugen vertreten, die alle mit eigenen Ohren den Streit gehört und mit eigenen Augen die Tat angesehen hatten, ohne sie verhindern zu können, weil alles so furchtbar schnell gegangen war und Martiner blind vor Zorn gewesen war.

Bis in den tiefen Nachmittag hinein dauerte die Verhandlung. Jetzt erst sollten die Entlastungszeugen gehört werden.

»Josefa Eckhart, geborene Martiner!«, wurde verkündet.

Markus Martiner saß unbeweglich, niemand sah ihm seine Erregung an, als seine Tochter vor den Richter trat. Niemand bemerkte, wie sehr es ihn bewegte, ihre Stimme zu hören und den Sinn ihrer Rede zu erfassen, in der sie ihren Vater von allen unwahren Charakterzeichnungen zu befreien versuchte und die von ihr selbst miterlebten Provokationen Anwanders schilderte – bis sie am Ende ihrer Kraft in Tränen ausbrach. Ihre Worte waren nicht ohne Wirkung geblieben. Nachdem sie geendet hatte, war eine Weile atemlose Stille im Saal, nur von hier und dort kam ein unterdrücktes Räuspern. Markus Martiner saß mit gebeugtem Kopf und bleichem Gesicht auf seinem Platz.

»Monika Anwander!«, wurde aufgerufen.

Die arme Monika wirkte wie ein Häufchen Elend, sie hatte erkennbar Angst davor, ihre Aussage zu machen. Auch der Richter bemerkte das, und schonend, fast väterlich kamen seine ersten Fragen, und Monika antwortete tapfer.

Doch der Staatsanwalt hinderte sie mit seinen schroffen Zwischenfragen daran, wirklich Selbstvertrauen zu gewinnen. Immer wieder kam sie ins Stottern, wurde rot und sah den Richter manchmal hilflos an. Martiners Anwalt kam ihr zu Hilfe, wenn der Staatsanwalt eine für den Verlauf des Prozesses wichtige Aussage zu sabotieren versuchte. Sogar die Kreitberger, die es eigentlich hätten wissen müssen, wie es im Anwanderhof zuging, waren erschüttert von den Aussagen des Mädchens, über die Rolle als Dienstmagd, die sie nach dem Willen ihres Bruders daheim spielen musste, über Beschimpfungen und Schläge, und dann vor allem die Nötigung durch ihren Bruder, den Holzhändler Schmölz zu heiraten, wenn sie ihr Erbgut ausbezahlt haben wollte. Martiners Anwalt fragte, ob ihr bekannt sei, dass zwischen ihrem Bruder und diesem Inntaler Holzhändler Abmachungen bestanden hätten, die gegen den Bürgermeister gerichtet gewesen seien.

Monika schwieg und schaute ängstlich um sich.

»Sie können die Aussage verweigern«, sagte der Vorsitzende, und Monika nickte dankbar.

Aber der Charakter ihres Bruders war nun deutlich genug beschrieben worden.

Das Licht begann bereits zu schwinden, als zu den Plädoyers geschritten wurde.

Man hatte den Eindruck, dass Markus Martiner mit einer Bewährungsstrafe davonkommen würde, denn selbst der Anklagevertreter milderte zusehends seinen Ton.

Doch dann legte der Gerichtsdiener während der Rede des Verteidigers dem Vorsitzenden ein Schreiben auf das Pult, worauf dieser die Verhandlung sofort unterbrach.

Stehend verkündete er:

»Es tut mir Leid, aber die Anklage auf schwere Körperverletzung ist durch einen Zusatz zu ergänzen. In vollem Wortlaut: Schwere Körperverletzung mit Todesfolge; Hans Anwander ist vor einer Stunde gestorben.«

Er nahm sein Barett vom Kopf.

Im Saal herrschte Totenstille.

Markus Martiner kauerte auf seinem Platz. Monika Anwander stand bleich und regungslos vor der Zeugenbank – und Josefa Eckhart erschauerte unter der Wucht dieser Tatsache.

»Ich bitte den Herrn Verteidiger, mit seinem Plädoyer fortzufahren«, ertönte die Stimme des Vorsitzenden.

Doch hörte diesem überhaupt noch jemand zu?

Hans Anwander war tot. Daran war nichts mehr zu ändern. Schuld hin, Schuld her – dazu hätte es einfach nicht kommen dürfen.

»Das Gericht zieht sich zur Beratung zurück!«, verkündete dann der Vorsitzende, als Martiners Anwalt sein Plädoyer beendet hatte.

Der Verteidiger beugte sich über die Absperrung zu seinem Mandanten und sprach ermunternd auf ihn ein.

Es dauerte nicht lange, dann kamen die Richter zurück.

Im Saal trat erwartungsvolle Stille ein.

Markus Martiner erhob sich, um sein Urteil entgegenzunehmen.

»Markus Martiner, angeklagt wegen schwerer Körperverletzung mit Todesfolge, wird unter Anerkennung mildernder Umstände zu einem Jahr und acht Monaten Gefängnis verurteilt. Es wird Haftfortdauer angeordnet.«

Es wurde laut im Saal, als die Leute dem Ausgang zuströmten.

Martiner trennte sich von seinem Verteidiger. Sie gaben sich die Hände. Neben ihm wartete ein uniformierter Justizwachtmeister.

Dann trat er hinter der Barriere hervor.

»Vater!«

Markus Martiner stand vor seiner Tochter. Stumm sahen sie sich an.

Auf einmal rollten dem Mann ein paar Tränen über die Wangen. Er ergriff ihre Hände und zog sie an sich. »Oh, Josefa!«

»Vater!«

Der Wachtmeister klopfte ihm auf die Schulter und mahnte ihn zum Weitergehen.

»Ich danke dir, dass du gekommen bist!«, sagte er, und dann mussten sie sich trennen.

Noch einmal wandte er sich nach ihr um. »Der Hof! – Der Hof ist allein!«, rief er ihr noch zu.

Dann fiel die Tür ins Schloss.

# 12

Die Zeit geht über alles hinweg, sie reißt die Menschen mit sich fort, erfüllt ihr Herz mit neuen Sorgen, Plänen und Erwartungen. Es gibt kein Verweilen.

Als die Erde von Schnee und Winterresten befreit war, gingen die Bauern von Kreitberg in Gemeinschaftsarbeit an die Beseitigung der Vermurung ihrer Bergwiesengründe. Und beim Einödbauern Christlieger waren die Handwerker und freiwilligen Helfer am Werk, um das verwüstete und unbewohnbare Gehöft wieder instand zu setzen.

Unter den Männern, die in harter und zäher Gemeinschaftsarbeit die Erde von Schutt und Unrat befreiten, um dem neuen Wachstum Auftrieb zu geben, sah man ein neues Gesicht. Nur wenige konnten in ihm auf Anhieb den jungen Kirchenmaler Klaus Eckhart erkennen, der damals die Kirche von Maria-Hag restauriert hatte und sich manchmal im Dorf hatte blicken lassen.

Aber gerade durch diese wenigen, die sich seiner noch erinnerten, sprach es sich schnell herum, wer dieser Mann war, der sich mit solchem Eifer und mit so viel Kraft an der mühsamen Abräumarbeit beteiligte. Und so blieb es nicht lange verborgen, dass Josefa, die Tochter Martiners, in den verwaisten Hof heimgekehrt war, zusammen mit ihrem Mann, der seinen Beruf aufgeben würde, um bis zur Wiederkehr Markus Martiners das Schicksal des alten Bauerngutes in die Hand zu nehmen. Wer am Anfang noch seine Fähigkeiten bezweifeln wollte, der musste bald einsehen, dass dieser Tiroler Bergbauernsohn seiner Aufgabe vollauf gewachsen war. Er ging die Arbeit an, als hätte er nie etwas anderes getan.

Freilich, man hatte noch wenig Abstand zu den unseligen Ereignissen, und die beiden jungen Leute vom Martinerhof lebten sehr zurückgezogen; sie scheuten noch die Berührung mit dem Dorf. Sonntags gingen sie nach Maria-Hag in die Kirche. Nur beim Pfarrer hatte Josefa einen kurzen Besuch gemacht und war dann im Bürgermeisteramt gewesen, um die Anmeldung zu vollziehen.

Die Leute vom Dorf, soweit sie ihr begegnet waren, hielten Abstand, und Josefa war ihnen dankbar dafür.

Doch eines Tages kam die Anwander Monika zum Martinerhof. Damit war der Anfang zu einer neuen freundschaftlichen Verbindung gemacht.

Monika hatte unter dem brutalen Wesen ihres Bruders zu leiden gehabt, und selbst die Bäuerin vom Anwanderhof hatte oft vor seiner Heftigkeit zittern müssen.

So konnte von einer wirklichen Trauer über seinen Tod keine Rede sein. Nur die unselige und ungewöhnliche Art seines Todes hatte im Anwanderhof wie ein Schock gewirkt. Der aber wurde allmählich von allen überwunden, und Monika lebte sichtlich auf.

Die Bäuerin, von dem früheren Druck befreit, wurde für sie immer mehr wie eine Freundin. Gemeinsam gingen sie die Aufgaben auf dem Hof an, planten, rechneten, arbeiteten. Sie machten alles zusammen und freuten sich über erste Erfolge und gemeinsam überwundene Probleme. Beide hegten keinen Groll auf Markus Martiner. Er war selbst vom Unglück getroffen worden und sühnte seine Tat.

Monika war wieder einmal da und saß mit der jungen Bäuerin vom Martinerhof zum Feierabend in der geräumigen Bauernstube beisammen. Als dann noch der junge Bauer Klaus Eckhart dazukam und sich an der Unterhaltung beteiligte, vergaßen sie alle, was wie ein böser Traum hinter ihnen lag.

Eines Tages ging die Monika etwas mehr aus sich heraus und verriet, dass sie von den Zusammenhängen dieser Tragödie weit mehr gewusst hatte, als der Öffentlichkeit und dem Gericht bekannt geworden war. Es kam ans Tageslicht, als die Rede auf den Inntaler Holzhändler Schmölz kam und auf die Rolle, die dieser Mann gespielt hatte, ohne dass er dafür zur Verantwortung gezogen werden konnte.

Dass Markus Martiner durch die verschwenderische Vergnügungssucht seiner Frau Schulden bei dem Inntaler hatte, war eine Sache für sich, ebenso die Absicht Hans Anwanders, seine Schwester an den Holzhändler Schmölz verheiraten zu wollen. Wie oft kam das bei den Bauern vor, dass ein Angehöriger ganz einfach zu einer Heirat genötigt wurde, wenn ein spekulativer Zweck damit verfolgt wurde.

Dann ließ die Monika im Martinerhof einmal ein paar Worte fallen, die jedem anderen vielleicht nichts weiter gesagt hätten – aber Klaus Eckhart ging plötzlich ein Licht auf. Er erkannte auf einmal, was für ein schreckliches Verbrechen da eigentlich geschehen war.

Es war schon spät, und die feuchte Alpenlandschaft lag im Dunkeln, als Monika vom Martinerhof aufbrach und erschrak, als die Nacht und der Nebel ihr vor der Tür entgegentraten.

Klaus erbot sich sofort, sie bis zum Dorf zu begleiten.

Auf dem Weg ergriff er plötzlich den Arm des Mädchens und hielt den Schritt an. »Was ist mit dem Wildbach geschehen, Moni?«, platzte er mit seiner Frage heraus.

Sie war erschrocken und zögerte lange mit einer Antwort.

»Du kannst mir alles sagen, Moni«, fuhr er fort. »Ich verspreche dir, das Andenken deines Bruders nicht zu beschmutzen. Er ist tot. Aber dieser Schmölz ist noch da. Wir haben täglich zu befürchten, dass er sich am Wald Martiners vergreift, der ihm übereignet wurde.

Diese unselige Frau Martiners hat Geld von Schmölz genommen, viel Geld, gegen Schuldschein, womit sie ein leichtes Leben führen konnte. Martiner musste dafür aufkommen. Er übereignete dem Schmölz seinen Wald.

Aber dein Bruder war nicht damit zufrieden, er wollte Martiner ganz und gar vernichten. Man musste sich also auf eine neue Gaunerei besinnen, um ihn im Dorf zu Fall zu bringen.

Und so, vermute ich stark, sind die beiden, dein Bruder und Schmölz, auf die Idee gekommen, durch Beschädigung der Schutzmauern einen Ausbruch des Wildbachs hervorzurufen, ohne sich davon abhalten zu lassen, dass sie damit nicht nur das Eigentum der betroffenen Höfe schädigten, sondern auch Menschenleben aufs Spiel setzten. Sag mir bitte alles, was du darüber weißt, Monika! Es geht um das Unrecht, das Markus Martiner angetan wurde und das heute noch auf ihm lastet. Bitte, vertrau mir. Ich werde mit dem, was du mir sagst, dir und deiner Schwägerin keinen Schaden zufügen.«

Da fing sie plötzlich an zu sprechen und erzählte ihm, dass sie in der Nacht, nachdem der Bürgermeister in die Stadt gefahren war, ihren Bruder mit dem Schmölz unter dem Fenster hatte reden hören, wie sie vereinbart hatten, im Wildbach eine Stauung zu verursachen und das Mauerwerk so zu lockern, dass es einem Hochwasser nicht stand halten konnte. Sie hatte nicht daran glauben wollen, dass die beiden ihren teuflischen Plan ausführen würden und alles nur für böse

Wünsche gehalten – bis in jener Föhnnacht die Notglocke vom Kirchturm geläutet hatte ...

An den Berghängen blühte der Krokus. Die Bauern düngten die Wiesen, sie besserten die Winterschäden an den Almen und Zäunen aus. Es gab endlich wieder Arbeit, draußen in Sonne und Wind.

Der alte Alexander war mit Klaus zum Viehmarkt gefahren, sie brachten drei neue Aufzuchttiere heim, die sie ausgesucht und eingehandelt hatten. Die Freude im Martinerhof war groß, als das neuerworbene Jungvieh im Stall angebunden wurde. Es füllte die ersten Lücken auf, wurde bewundert und begutachtet.

»Es geht wieder aufwärts, Bäuerin!«, sagte Alexander zu Josefa und verzog seinen Mund zu einem breiten Lächeln. »Dein Mann hat gefeilscht wie ein geborener Viehhändler!«

»Er ist Bauer, Alex!«, entgegnete Josefa stolz.

»Ich seh's.«

Der erste Schritt war getan. Im Herbst wollte man noch weitere Tiere erwerben.

Es blieb nur der Wald, der Josefa noch auf der Seele lag. Eines Tages würden fremde Holzknechte kommen und tiefe Schneisen hineinschlagen.

»Ich werde morgen deinen Vater besuchen, Josefa«, sagte Klaus.

»Ich weiß nicht, ob es gut ist«, überlegte sie.

»Warum sollen wir uns nicht darum kümmern, wie es ihm geht? Er soll wissen, dass auf dem Martinerhof gearbeitet wird.«

»Sag ihm, dass im Dorf alles still und ruhig ist.«

Am nächsten Tag machte Klaus Eckhart sich fertig. »Es kann sein, dass ich ein paar Tage ausbleibe«, sagte er. »Wenn ich eine gute Verbindung nach St. Pantal habe, möchte ich nach meinem Meister Timm schauen.«

»Hast du Heimweh nach deiner früheren Arbeit?«

»Nein. Solange ich Bauer sein darf, nichts lieber als das.«

»Es ist noch lange hin, bis der Vater kommt. Und bestelle Grüße an unsere liebe Hauswirtin!«

Mit einem Kuss schied er von ihr. Aber er fuhr nicht nach St. Pantal. Das hatte er auch gar nicht im Sinn gehabt. Er suchte lediglich den Strafgefangenen Markus Martiner auf, mit dem er etwa zehn Minuten sprechen durfte, das heißt, Klaus sprach, während Martiner mit steinernem Gesicht schweigend dasaß. Klaus erzählte ihm vom Martinerhof und vom Dorf, und als sie voneinander schieden, reichte Martiner ihm schweigend die Hand. Klaus ergriff die Hand und erwiderte den spürbaren Druck. Er bedauerte, den kräftigen Mann, der so sichtlich gealtert war, mit seinen Gedanken und Sorgen allein lassen zu müssen.

»Etwas gehört von ihr?«, fragte Martiner plötzlich, ohne einen Namen zu nennen. Aber Klaus wusste, wen er meinte.

»Nein.«

»Ich habe eine einstweilige Verfügung erwirkt, bevor ...« Er stockte und setzte neu an: »Sie hat keinen Zutritt mehr in mein Haus.«

»Sie wird wohl auch nicht mehr kommen.«

»Grüß die Josefa! Ich weiß nicht, ob ich noch einmal wiederkomme.«

»Die Zeit wird rasch vorbei sein, Bauer.«

»Aber sie ist lang, viel länger als draußen bei der Arbeit.«

Dann fuhr Klaus hinüber ins Inntal.

Es war schon Abend, als er den Ort erreichte. Er musste ein paar Mal fragen, bis er sich endlich auf dem Weg befand, der zum Sägewerk Schmölz führte.

Es lag tief hinten im Tal, hart am Ufer eines Baches, der mit starkem Gefälle aus dem Gebirge kam und nach kurzem Lauf in den Inn mündete. Auf einer breiten Zufahrtsstraße, die von jedem schweren Lastzug befahren werden konnte, wickelte sich der Geschäftsverkehr ab.

Zweihundert Meter vom Werk entfernt stand eine Villa im Stil eines Landhauses. Ein paar Fenster waren beleuchtet. Klaus Eckhart ging auf die Tür zu und drückte den Klingelknopf. Es dauerte einige Zeit, bis sich drinnen etwas rührte. Dann näherten sich endlich Schritte. Die Tür wurde geöffnet.

Eine Frau stand vor ihm, nicht mehr ganz jung, aber flott und jugendlich zurechtgemacht. Da wollte ihm der Atem wegbleiben. Das war doch ...?

Aber nein, das konnte nicht wahr sein! Er hatte die zweite Frau Martiners nur einmal kurz gesehen, als sie auf dem Hof zu Besuch gewesen war. Er hatte sie kaum noch in Erinnerung, jedenfalls nicht so, wie sie jetzt vor ihm stand in ihrer jugendlichen Aufmachung. Und doch hätte er wetten mögen, dass dies Christine Martiner war.

»Bitte?«, fragte sie.

»Ich möchte zu Herrn Schmölz.«

»Mein Mann ist leider nicht da.«

Ihr Mann? Na, das war ja allerhand! »Es ist sehr dringend!«, sagte er. »Es handelt sich um ein Geschäft.«

Sie schien nachzudenken. Er betrachtete sie noch einmal, und jetzt hätte er Gift darauf nehmen können, dass sie es war.

»Wenn Sie etwas Zeit haben, können Sie auf ihn warten. Eigentlich müsste er jeden Augenblick heimkommen. Bitte!«

Er folgte ihr ins Haus. Sie führte ihn in ein herrschaftlich ausgestattetes Zimmer und ließ ihn Platz nehmen.

Er musste nicht lange warten, dann kam der Holzhändler. Er warf einen kurzen Blick in das Gesicht seines Gastes, begrüßte ihn und stellte die Frage, worum es sich handle.

»Um den Wald des Martiner in Kreitberg, Herr Schmölz.«

Der Händler war überrascht. »Was ist damit?«

»Wir wollen nicht lange herumreden, Herr Schmölz. Eigentlich hätte ich Anzeige erstatten müssen, aber mit Rücksicht auf die Hinterbliebenen von Hans Anwander werde ich das nur dann tun, wenn ich keine andere Wahl mehr habe. Anwander ist tot, und das Dorf hat sich beruhigt. Niemandem wäre damit gedient, wenn der ganze Dreck noch einmal aufgewühlt würde, nicht einmal dem Martiner. Aber Sie kämen wahrscheinlich für ein paar Jahre hinter Gitter, Herr Schmölz!«

»Wovon reden Sie? Und wer sind Sie überhaupt?«, ging der Holzhändler entrüstet auf.

»Ich bin Klaus Eckhart, der Mann Josefas, der Tochter Martiners, zurzeit verantwortlich für den Martinerhof. Ich habe es mir zur Aufgabe gemacht, der Ursache des Wildbachunglücks von Kreitberg auf den Grund zu gehen, und ich habe Folgendes herausgefunden: Die Stauung der Flut wurde durch gezielte Einwirkung von Menschen ausgelöst. Die Beteiligten waren der Bauer Hans Anwander und Sie. Ich sehe mich also gezwungen, als Treuhänder des Martinerhofs die Wahrheit aufzudecken. Sie können sich die Dinge erst einmal durch den Kopf gehen lassen. Ich bleibe über Nacht am Ort und spreche morgen noch einmal bei Ihnen vor.«

Schmölz war sichtlich aus dem Konzept geraten. »Sie wissen offenbar nicht, mit wem Sie sprechen«, polterte er dann los. »Sind Sie ein Erpresser oder ein Wahnsinniger?« Er machte ein paar Schritte auf das

Telefon zu. »In beiden Fällen gehören Sie sofort abgeführt.«

»Bitte, rufen Sie die Polizei an! – Warum tun Sie es nicht? – Soll ich?«

»Schauen Sie, dass Sie hinauskommen!«, brüllte jetzt der Holzhändler.

»Jawohl, Herr Schmölz. Ich komme morgen früh noch einmal. Was ich unternehmen werde, entscheide ich dann, je nachdem, wie Ihre Antwort ausfällt.«

Als er durch den Flur auf die Tür zuging, begegnete er noch einmal der Frau. Sie sah ihn argwöhnisch an.

»Nett, Sie zu treffen!«, höhnte er. »Martiner wird sich freuen, wenn ich ihm sagen kann, wo er seine Frau findet, und auch das Gericht, das von Ihnen noch eine Aussage haben will und bisher vergeblich nach Ihrem Verbleib geforscht hat.«

Ohne sich weiter um sie zu kümmern, ging er davon und schlug die Tür hinter sich zu.

Das Jahr ging hin. Die Bauern säten und ernteten. Im Wald Martiners erschollen die Schüsse des Jägers. Aber man hörte keine Axt gegen die wuchtigen Stämme hämmern. Das Gehölz blieb unberührt, und Josefa mochte sich darüber wundern, so viel sie wollte: Der Holzhändler und Sägewerkbesitzer Schmölz machte keinen Gebrauch von seinem Recht auf den Wald. Ein neuer Winter kam und verging. Die Frauen vom Anwanderhof hatten die Trauerkleidung abgelegt, und man gewöhnte sich auch an die jungen Leute, die jetzt den Martinerhof zusammenhielten.

Als der Föhn das Eis brach und einem neuen Frühling die Türe öffnete, klopfte eines Tages der neue Bürgermeister von Kreitberg am Martinerhof an, um zu verkünden, dass Markus Martiner wegen guter Führung aus der Strafanstalt entlassen würde.

Nun war das Ereignis von damals plötzlich wieder in aller Mund.

Aber man urteilte nun ruhiger, besonnener und milder. Martiner wurde von vielen eher bedauert als verdammt, waren es doch eher unglückliche Umstände als seine Gewalttätigkeit gewesen, die zum Tode von Hans Anwander geführt hatten.

Als sich für Martiner das Tor zur Freiheit öffnete, wartete draußen Josefa auf ihn, um ihn heimzubringen. Sie war gekleidet wie eine junge Bäuerin. Es stand ihr gut – und war sie nicht genauso wie ihre Mutter, als er sie als seine Frau auf den Hof geholt hatte?

Er wollte sprechen, aber ein Würgen in der Kehle hinderte ihn daran.

»Wir wollen nie mehr davon reden, Vater!«, sagte sie bewegt. »Es ist alles gut!«

»Nein, Kind, es wird nie mehr gut!«

»Komm!«

Mit dem Abendzug fuhren sie heim nach Kreitberg. Sie waren ganz allein im Waggon. Die Lichter beleuchteten kümmerlich ihre Gesichter.

»Was macht der Hof?«, fragte er plötzlich.

»Es geht vorwärts. Der Klaus ist ein guter Bauer.«

Er sagte nichts. »Hat der Schmölz den Wald abgeholzt?«

»Nein, keinen einzigen Baum.«

Das verstand er nicht. »Ich habe den Wald verpfändet, weißt du. Was hätte ich denn tun sollen?«

»Natürlich.«

Es war tiefe Nacht geworden, als sie zum Martinerhof hinaufstiegen. Sie hatten diese Zeit gewählt, um den neugierigen Blicken der Menschen zu entgehen.

Dann betraten sie die Stube. Klaus erwartete sie.

An der Wand hing das Bild der toten Bäuerin, am selben Nagel, von dem Josefa es einst abgenommen hatte. Markus Martiner stand davor und schaute es an.

Dann griff er nach der Hand seiner Tochter. Über seine bärtigen Wangen kollerten Tränen.

Josefa holte das Essen, das sie für ihn hergerichtet hatte. »Alexander und Regina sind schon im Bett. Sie werden sich morgen freuen«, sagte Josefa.

Er nickte nur.

»Jetzt bist du wieder daheim, Vater!«

»Ja, ich bin daheim – aber der Bauer bin ich hier künftig nicht mehr. Wir fahren morgen zum Notar, um euch den Hof zu überschreiben. Ich kann nicht mehr, es fehlt mir die Kraft. Du bist die Bäuerin, Josefa – und er«, – er deutete auf Klaus – »ich weiß schon, er wird ein guter Bauer sein.«

»Vater!«

»Es bleibt dabei. – Nur der Wald! Wenn ihn der Schmölz abholzt, will ich so lange fort sein. Ich kann das einfach nicht mit ansehen!«

Josefa ging hinaus, um die Kammer für den Vater zu richten. Da zog Klaus seine Brieftasche heraus und entnahm ihr ein gefaltetes Schreiben. »Hier!«

»Was ist das?«, fragte der Martiner.

»Der Schuldschein vom Schmölz.«

»Was ist damit?«

»Oh, nichts.« Klaus zündete ein Streichholz an und hielt die Flamme unter das Papier, das sofort Feuer fing und sich in seinen Fingern zusammenzog. »Es ist vorbei, Martiner!«

»Was bedeutete das?«, rief Martiner.

»Dass der Wald wieder zum Martinerhof gehört.«

»Aber warum? Wie bist du an diesen Schuldschein gekommen?«, rief Martiner erregt.

»Nicht fragen. Damit ist alles verbrannt, was einmal gewesen ist. Es kommt eine neue Zeit. Sie ist schon angebrochen.«

Er bückte sich nach den verkohlten Resten.

Josefa kam zurück. Sie bemerkte den Brandgeruch.

»Was ist?«, fragte sie und schaute sich verwundert um.

»Nichts, gar nichts, – o doch, beinahe hätte ich vergessen, meine Bäuerin zu fragen, ob sie mit mir auch zufrieden ist!«

Statt einer Anwort fiel sie ihm um den Hals.

Es war das erste Mal, dass etwas wie ein Lächeln in das Gesicht Markus Martiners kam. Sein Blick suchte das Bild an der Wand.

Er spürte das Wirken der Liebe.